원숭이는 없다

나무소설가선 001

원숭이는 없다

1쇄 발행일 | 2022년 05월 10일

지은이 | 윤후명
펴낸이 | 윤영수
펴낸곳 | 문학나무
편집 기획 | 03085 서울 종로구 동숭4나길 28-1 예일하우스 301호
이메일 | mhnmoo@hanmail.net

출판등록 | 제312-2011-000064호 1991. 1. 5.
영업 마케팅부 | 전화 | 02-302-1250, 팩스 | 02-302-1251
ⓒ 윤후명, 2022

ISBN 979-11-5629-137-4 03810

원숭이는 없다

윤후명
소
설

문학나무

'무엇'이라고 말하는 순간, '무엇'은 사라진다.

그것을 붙잡으려고 고비를 넘어 알타이를 넘어 먼 뇌
성벽력을 넘어 어디까지든 가야 한다고 믿었다. 말 한
마리든 낙타 한 마리든 승냥이 한 마리든 모두 불러 목
숨 다할 때까지 가야 한다고 믿었다. 숨어 있는 그것이
사랑의 얼굴을 말갛게 드러내놓을 때까지.

삶의 마음을 한글의 결로 나타낼 수 있다면, 드디어
'무엇'에 다가가게 되는가…….

10년 전 냈던 책에 소설 강의와 여러 소설가들의 말
을 첨가하여 다시 내게 되어 감회가 새롭다.

2022년 초봄
윤후명

차례 ▶

ㅇㅅㅇㄴ
ㅇㄷ

원숭이는 없다

원숭이는 없다

아파트에 정기적인 소독날이 되어 우리는 쫓겨나다시피 바깥으로 나왔다. 무슨 적당한 빌미가 없나 하여 이런 궁리 저런 궁리로 시간을 죽이던 차에 옳다꾸나 하고 옆의 작은 공원으로 모인 것이었다. 연출가 김형과 배우 김형과 그리고 나. 말이 연출가고 말이 배우지 그 방면으로는 별로 빛을 못 보고 그저 세상 탓만 하고 있는 처지들이었다.

끼리끼리 모인다는 말대로 나 역시 이들과 한패를 이룰 수밖에 없었다. "나 같은 귀두鬼頭를 세상이 몰라주니, 민주화가 돼봤자 그게 뭐겠나 이런 생각이 듭니다. 안 그렇습니까. 캬를캬를캬를." 연출가 김형은 거의 언제나 이런 말을 농담으로 던지고 있었다. 귀재라는 낱말 대신에 우스개처럼 귀두라는 낱말을 만들어 사용하고, 또 여러 사람들로부터 '칠면조 소리'라고 놀림을 받는 독특한 웃음소리로 얼버무리고는 있었으나, 자기 능력에 대한 자부심과 세상에 대한 불만을 곧이곧대로 드러내는 말이었다. '칠면조 소리'의 웃음이 아니라면 더욱 쓸쓸하게 들릴 말이었다. 그러나 그 '칠면조 소리'에 기대는 바가 커서 그가 언제나 허물없이 던질 수 있는 말인 줄을 우리는 알고 있었다.

우리들은 이른바 수도권이라는 변두리 동네에 이사와서 서로 끼리끼리임을 알아보고 곧 죽이 맞아 친한 사이이기는 했지만, 그리고 온갖 할 소리 안 할 소리하며 어울리고 있었지만, 단 한 가지 가장 중요한 것만은 잘 모르고들 있었다. 이를테면 누구의 마누라가 생리통을 앓고 있다는 것까지 알고 있었지만, 도대체 어떻게 해서 생활을 꾸려가나 하는 의문만은 무슨 금기처럼 서로 건드리려고 하지 않았다. 보릿고개가 없어지고 절대빈곤이 없어진 지 오래인 사회라고는 떠들어대도 그것과 상관없이 먹고산다는 문제처럼 심각한 것이 어디 있단 말인가. 그런데 이 심각한 문제 앞에서

허울 좋은 우리는 말할 수 없이 허약한 존재에 지나지 않았다. 그래서 누군가가 "이 동네엔 등처가들이 많다면서요? 마누라 등쳐서 먹고사는 사람들. 낄낄낄." 하고 너털웃음을 웃었을 때 우리는 아무도 따라 웃지 않았다.

소독약의 약내가 다 사라지자면 오후 한나절이 걸릴 것이었다. 그것은 그때까지 우리가 매우 자연스럽게 어울릴 수 있다는 것을 뜻했다. 남들은 한참 일터에 나가 일하면서 또 세상 보란 듯이 노동조합이니 뭐니 만들어 당당하게 뛰어다니는 한낮이었다. 작은 공원에는 한쪽 다리를 질질 끌거나 지팡이에 몸을 의지한 늙은이만 어쩌다가 한둘 유령처럼 모습을 나타낼 뿐이었다. 그러니 건장한 나이의 가장으로서 소독약을 핑계로 공원에 나와 앉아 있는 처지인 만큼 '귀두'가 어쩌고 변명을 하지 않을 수도 없는 노릇이었다.

"여기 이 벤치에들 단골로 와 앉으니 아예 명패까지 만들어다 놓읍시다. 국회의원이나 무슨 높은 사람들 책상 위에 있는 것처럼…… 캬를캬를캬를." 건축 공사장 현장 식당에서 기르고 있는 칠면조가 그런 소리를 낸다는 걸 처음 안 것도 셋이 함께 있을 때였다. 그것은 제 영역에 누군가 들어오면 지르는 위협과 경고의 소리라고 여겨졌다. "김형은 그 개들 홀레붙는 소리 같은 칠면조 소리만 안 내면 출세할 텐데." 하고 누가 지적할라치면 그는 되받아 말하곤 하였다. "글쎄 이게 내 등록상푠데 칠면조가 허가도 없이 써먹고 있으니 세상 칠면조들 죄 집합시켜놓고 따질 수도 없고…… 다음부턴 이런 행위를 않겠습니다, 사죄 광고를 내랄 수도 없고…… 캬를캬를캬를."

"칠면조 고기 거 별맛 없습디다. 퍼석퍼석해서 우린 별로…… 미국 애들은 뭐 그런 걸 좋아하는지 몰라." 배우 김형이 거들었다. "월남에 갔을 때 나도 몇 번 맛봤었는데……." 그러자 갑자기 월남越南 이야기가 나왔다. 분명히 캐보면 월남 이야기가 아니라 먹는 이야기에 지나지 않았지만, 아마도 이렇게 된 것은 칠면조의 맛에서 비롯된 먹는 이야기 때문이었으리라. 어쨌든 월남전 참전용사인 배우 김형은 월남 이야기부터 시작하고 있었다. 그는 언제나 눈을 일부러 크게 껌벅여 보이려는 것 같은 버릇이 있었다. 그 모양을 보고 있으면 아마도 배우들은, 특히 출세하지 못한 배우들은 저런 식으로도 얼굴 표정을 만들고 있어야만 하는가 하는 생각이 들게끔 했다.

어쨌든 월남 이야기가 끼어드는가 했더니 이어서 원숭이 이야기가 끼어들었다. 월남에서 원숭이를 먹는다는데 우리가 개를 먹는 게 뭐 그리 야단스러우냐는 요지의 이야기였다.

"원숭이가 개보다 사람 쪽에 훨씬 가깝지 않은가 말야."

그와 함께, 원숭이 요리가 등장하면 늘 이야기되듯이, 산 원숭이의 두개골을 빠개 골을 빼먹는다는 방법이 입에 오르내렸다. 이 이야기는 꽤 여러 번 들은 적이 있으나 직접 그렇게 먹었다는 사람을 한 번도 만나지 못한 것은 이상한 일이었다. 이야기인즉 산 원숭이의 두개골만 도드라져 나오게끔 가운데 구멍이 뚫린 식탁이 우리나라의 숯불구이 식탁처럼 놓여 있고 거기에 산 원숭이를 꼼짝 못하게 조여 놓고 두개골의 정수리를 두들겨 깬다는 것이었다. 산 원숭이라지만 바둥거리지도 못한다. 아니, 아무리 밑에서 바둥거려봤자 두개골은 별수 없이 평온한 상태로 놓여 있다. 두개골은 무슨 과일처럼 쪼개져서 뇌수를 드러내 놓는다. 이걸 먹는 겁니다. 하하하 하듯이 누군가가 선뜻 숟가락을 가져간다. 그렇지. 열대에는 두리안이라는 원숭이 머리통만 한 과일이 있다. 그걸 쪼개면 안에 하얀 크림 같은 과육이 나온다. 바로 이걸 먹는 겁니다 하고 누군가가 말한다. 모두들 미끈미끈한 것을 찍어든다. 단백질 썩는 냄새 같은 게 코를 찌른다. 이 과일 이름이 뭐라고 했죠? 두리안이라고요? 그거 사람 이름 같군요. 두리안, 두리안, 두리안. 이 과일나무는 종려나무처럼 높게 자란다. 그래서 과일을 딸 때면 원숭이를 올려 보내 따서 밑으로 던지게 한다고 한다.

"하기야 월남에서는 원숭이 값이 싸니까……."

배우 김형은 다리 어디에 수류탄 파편 자국을 가지고 있었다. 수색중대의 무전병이었다고 그는 말했었다. 망중한의 이런 이야기 가운데 나는 엉뚱하게도 그 며칠 전에 신문에 조그맣게 났던 한 기사를 떠올리고 있었다. 그것은 과학자들이 저 화성에 오십만 년 전에 이룩된 것으로 보이는 어떤 문명의 흔적을 발견했는데, 그 흔적이 홰를 타고 앉아 광활한 우주 공간을 응시하는 거대한 원숭이의 얼굴 모습이라는 것이었다. 그리고 아울러, 아직도 역사의 수수께끼로 영국 어느 평원에 늘어서 있는 거대한 돌기둥들과 같은 것들도 관측

되었다고 곁들이고 있었다고 기억되었지만, 내게 갑자기 다가온 것은 그 원숭이의 모습이었다. 홰를 타고 앉아 광활한 우주 공간을 응시하는 거대한 원숭이.

5월 들어 햇볕은 금방 본격적인 열기를 띠어가고 있었다. 금년은 몇 십 년 만에 오는 짙은 황사 현상이라고 보도되었듯이 4월은 온통 바람과 뿌우연 모래 먼지로 가득 찼었다. 그리고 5월이 되고 황사가 걷히자마자 염천으로 돌입하고 있는 것이었다. 과연 그런 말을 들을 만도 했다. 봄이나 가을은 오는가 하자 어느 틈에 사라져버리는 것이었다. 교과서가 한반도의 겨울 날씨에 대해 삼한 사온이라고 적어서는 안 되는 데서부터 기후는 사실상 달라진다고 보아야 했다. 일이십 년 사이에 모든 것에 걷잡을 수 없는 변혁이 오고 있었음을 기후가 단적으로 보여주고 있다고들 했다. 눈을 들면 공원 한구석의 운동장으로 햇빛이 자꾸만 눈동자 조리개를 좁히며 쏟아지고 있었다. 그 운동장 가장자리 철봉에 스무 살 남짓한 나이의 청년이 사지를 쫙 벌리고 매달려 있었다. 그 모습은 말리기 위해 막대기를 버팅겨 매달아 놓은 무슨 짐승 껍질 같아 보였다.

그것과는 상관없이 나는 한 마리의 작은 원숭이를 눈

앞에 그리고 있었다. 그 어느 해였던가. 초등학교 때, 삼촌 아저씨를 따라 곡마단의 천막 앞에 서 있었던 기억이 그 한 마리의 작은 원숭이를 떠올리게끔 한 것이라고 생각되었다. 그 밖에는 원숭이와 내가 직접 맞닥뜨린 사건은 내 생애에 없었다. 이 경우에도 그 원숭이를 기억한다고 해서 그놈의 얼굴 생김새의 특징까지 요모조모로 뜯어서 말할 성질의 것은 아니다. 사람에 있어서도 인종이 달라지면 그게 그 사람 같아 보이는 판국에 원숭이의 얼굴까지 개별적으로 구별할 눈은 내게는 물론 웬만한 사람에게도 없을 것이리라. 곡마단의 출입구 위에서는 가로막대에 올라간 광대가 등에 멘 북을 발로 차서 치며 나팔을 불었다. 삼촌 아저씨는 나와의 위화감을 줄이기 위한 의도로 그런 종류의 구경거리를 보는 방법을 택하리라고 작정한 모양이었다. 그래서 이미 나는 몇 번인가 곡마단 구경을 했다. 높은 그네를 타거나 막대 위에 접시를 올려놓고 돌리거나 사람이 들어간 상자에 칼을 쑤셔 넣거나 하는 따위로 뻔한 구경이었다. 줄을 서서 기다리던 나는 목줄에 매인 작은 원숭이가 출입구 옆 가로막대를 홰로 하여 오도카니 쭈그리고 앉아 있는 것을 보았다. 나는 그 원숭이에게 마음이 끌렸나 보았다. 우리는 똑같이 어리다 하는 감정에서부터 알 수 없는 곳에 끌려와 있는 신세를 나와 견주어 어떤 동류의식을 느꼈었다고 여겨진다. 불쌍한 원숭아, 네 아빠 엄마는 어디 있니. 나는 원숭이에게 몇 발짝 다가갔다. 내가 한 행동은 그것뿐이었다. 그러나 원숭이는 얼굴을 반짝 들고 유리로 해 박은 것 같은 번들거리는 눈으로 나를 바라보았다. 나는 무슨 시늉인가를 하였다. 아마도 우호적임을 나타내는 시늉이었을 것이다. 그런데, 순간, 원숭이의 팔이 휘익 뻗쳐오더니 내 얼굴을 스칠락말락 하여 스웨터를 옭아쥐었다. "으악!" 나는 겁에 질려 소리 질렀다. 인간은 자신의 우호적인 태도가 상대방으로부터 배척당할 때 가장 절망하고 분노하는 것이라면, 그때의 내가 그랬다. 그러나 나는 그 어리고 작은 짐승에게 단지 스웨터 한 자락을 잡히고 있는 데 지나지 않음에도 불구하고 겁에 질린 채 어쩔 줄을 몰랐다. 원숭이가 유난히 팔이 길다는 것과 아울러 악력이 대단하다는 것을 나는 그때 확실히, 확실히 경험했다. 누군가가 와서 원숭이를 때려 팔을 거두게 한 뒤에서야 나는 그 손아귀에서 가까스로 벗어났다. 나는 지나치게 새파랗게 질려 있었

윤후명
소
설

다. 그런 일을 겪어서인지 그날의 곡마단 구경에 대해서는 아무런 장면도 남아 있지 않다. 아마 혼쭐이 났다고 해도 과장이 아니리라.

그 뒤 나는 원숭이 꿈을 여러 번 꾸었는데 나타난 것은 어김없이 그 원숭이였다. 그리고 꿈이 아닌 현실에서도 한 마리의 원숭이를 두고두고 머릿속에 간직하게 되었는데 그것은 자신이 아무리 외로운 상태에 빠져 있다 하더라도 그 속내를 함부로 다른 사람에게 나타내고 함께 나누기를 바라서는 안 된다는 교훈으로서의 원숭이의 얼굴이기도 했다.

"그건 그렇고 오늘은 어디로 좀 움직여보는 게 어떨까들. 소독약 냄새가 여기까지 오는 거 같아서."

나는 제안했다. 목이, 가슴이 무엇엔가 짓눌리듯 답답함을 느끼고 있었다.

"어디, 뭐, 좋은 데라도 있나요?"

배우 김형이 동조하는 눈치를 보였다.

"좋은 데긴 뭐 원숭이 구경이나 할까 하는 거죠."

나는 웃음 띠고 우스개를 말하고 있었다. 그러나 내게서 그런 제안이 나온 것은 나로서도 뜻밖이었다. 그 바로 직전까지 나는 그 따위 계획은 꿈에도 생각지 않고 있었다. 아닌 게 아니라 연출가 김형이 캬를캬를 웃을 듯한 표정으로 "원숭이? 진짜 원숭이를?" 하고 묻는 것도 당연했다. 나는 장난처럼 나온 내 말에 왠지 강한 책임감을 느꼈다. 그것은, 이야기가 원숭이에 대한 것이었고, 실제로 소독약 냄새가 내 코끝에도 아른거리기 시작한 결과, 아무런 대안도 없이 해본 소리였다. 아니, 내가 '원숭이 구경이나 할까' 하고, 입 밖에 냈을 때 내가 뜻한 것은 '진짜 원숭이' 구경이 아니라 그저 사람 구경이나 하자는 것이 아니었을까. 그랬음에 틀림없었다. 그렇다. 내가 무료에 못 이겨, 혹은 어떤 강압감에 못 이겨 '원숭이 구경이나 할까'라고 중얼거린 것은 어디 사람 구경이라도 하러 가자는 뜻에 다름 아니었다. 그런데 말을 마치자마자 나는 문득 책임감을 느꼈다. 늘 그렇듯이 아무 말이나 툭 던져놓고 상대 쪽에서 자세한 걸 물어오면 '그저 그렇다는 얘기지, 뭐' 하고 얼버무려도 그만이었다. 그러나 나는 알 수 없는 손아귀에 덜미를 잡힌 느낌이었다. 왜 그럴까. 사람을 원숭이에 비견한다는 것은 어떤 짐승의 경우와는 좀 다르기 때문이었을까.

"어찌 됐든 일어나 보자구요."

나는 손에 들고 있던 담배꽁초를 쓰레기통으로 던졌
다. 원숭이와 사람은 너무 닮았다. 그래서 원숭이는 애
초부터 재수 없다는 구설수를 뒤에 달고 다니는 게 아
닐까. 자기와 닮은 사람을 만나면 당황하게 되듯이, 같
은 옷을 입은 사람을 만나면 당황하고 불쾌하듯이, 누
구 말대로 나는 '끄끕한' 마음이 되었다. 진짜 원숭이
를 찾아야 한다. 어디선가 이런 목소리가 들려오는 것
만 같았다. 숨이 막혔다. 나는 여전히 목덜미를 움켜잡
힌 채였다. 웬 손아귀가 이리도 억센가 하고 실제로 현
실의 일인 양 여겨 나는 흘낏 뒤를 돌아다보기까지 했
다. 등나무 시렁 위로 성글게 뻗은 덩굴줄기 사이에서
햇무리가 뭉그러지듯 빛났다. 그리고 나는 한 마리의
원숭이를 보았다는 착각이 들었다. 그것은 어릴 적 곡
마단 천막 앞에 오도카니 앉아 있던 그 작고 어린 원숭
이로 보였다. 여간 기분이 언짢은 게 아니었다. '이놈
이 아직도 날 놓지 않고 있어!' 나는 속으로 외쳤다. 그
러나 속으로 외쳤다는 이 소리는 거의 바깥까지 들렸
을 지경이라고 생각되었다. '지독한 놈!' 하고 나는 뒷
말을 달았다.

"진짜 원숭이가 있는 데가 어디 있긴 있을 텐데……

가령 저쪽 변두리 장 같은 곳엘 가면⋯⋯."

나는 가벼운 현기증을 느끼며 쫓기듯 중얼거렸다. 나 자신 내가 몽유병자 비슷한 상태에 빠져 있다고 생각되었다.

"변두리 장이라뇨?"

배우 김형이 물었다. 그렇지 않아도 그는 매사에 헬끗헬끗 호기심이 많은 사람이었다.

"닷새마다 서는 5일장 같은 게 아직도 섭니다. 그리 볼 건 없지만 약장수가 들어와 한바탕 북새통을 떠니까⋯⋯ 맞아, 원숭이도 있었던 것 같은데."

지난 가을에 우연히 그곳에 가서 장터 구경을 한 적이 있었다. 검정 고무신이 쌓여 있는 난전 옆으로 대장장이가 벌겋게 속까지 단 시우쇠를 모루 위에 놓고 치고 있는 광경만이 예전 장터 풍경으로 남아 있었다. 그 밖에는 5일장이고 뭐고 조금 과장해서 표현하면 슈퍼마켓을 산만하게 흩어놓은 꼴이었다. 그때 거기를 뭐하러 지나치게 되었는지에 대해서는 어슴푸레하게 잊어먹은 상태였다. 분명히 무엇 때문에 갔을 터인데 그무엇은 잊어먹고 그 언저리 풍경만이 남아 있었다. 좀 비약이지만 삶도 결국은 그러리라는 데 생각이 미치면 여간 어정쩡해지는 게 아니다. 그러니까 무엇 때문에 사느냐고 물으면 어설프게 괴로워할 일은 아닌지도 모른다. 그러다가 장터 한구석에 닭이나 오리를 비롯해서 개, 고양이, 염소, 비둘기에 꿩이며 거위까지 파는 장사치 앞에 이르렀고 마침내 또 한 번 새로 공연을 벌이는 약장수 패거리들을 볼 수 있었던 것이다.

"확실히…… 원숭이도 있었어……."

나는 스스로에게 확신을 불어넣기 위해 단정적으로 말하려고 애썼으나, 원숭이를 보았다는 기억은 아리송하기만 했다. 그 바로 옆에 여러 가지 동물들을 파는 장사치가 있어서, 거기서 끌어낸 영상일까. 아니면 그런 약장수들은 흔히 원숭이를 끌고 다닌다는 고정관념을 앞세워 자신에게 유리하게 끌어낸 상념일까. 원숭이는 거기 어디에 오도카니 앉아서 과일이나 과자를 야금야금 먹고 있다가 느닷없이 끌려나와 억지스러운 재롱을 떨며 사람들 앞을 한 바퀴씩 돌곤 했다는 기억이 떠올랐다. 틀림없는 듯했다. 약장수에 원숭이가 없다니 말도 안 되는 소리였다. 틀림없었다. 그 약장수들이 보여주는 쇼도 결국 천편일률적이긴 했으나 오래간만에 보는 터라 그러려니 하면서 나는 그 옆에 꽤 오래

맴돌았다. 땟국에 전 '쭈쭈복'을 입은 작은 소녀가 텀블링을 하고, 난쟁이 부부가 나와 서로 마주보고 고고인지 디스코인지 엉덩이춤을 추었다. 제법 우산 위에 불덩어리도 돌리는가 하더니, 재담에 격파무술 시범이 이어져갔다.

"지금 나오실 분은 오랫동안 지리산에서 도를 닦으며 무술을 연마하신 높으신 도사이십니다. 요전에 서울운동장에서 열렸던 전국무술대회에서 영예의 일등을 차지하시고 여러분도 보셨으리라 믿습니다만 얼마 전에 엠비시 텔레비전에도 출연하셨던 분입니다. 워낙 높으신 분이라 웬만해서는 모습을 나타내시기조차 꺼려하시는데 금번, 금번만 특별히 여러분들께 그 높으신 무술을 보여드리기로 했습니다. 어느 누구도 선생님의 무술을 이제 다시는 볼 수 없습니다. 왜냐하면 선생님은 오늘 이곳에서 시범을 보이시고 곧장 다시 도를 닦으러 지리산으로 들어가시기 때문입니다. 여러분은 일생에 큰 행운을 잡으신 겁니다. 다른 곳에서 한번만 더 보여주십사고 애걸복걸해도 결단코 이번이 마지막이라는 겁니다. 그러므로 여러분들께서는 이후로 다른 어디에 가서도 선생님의 신기에 가까운 무술을 볼 수 없으실 뿐만 아니라, 아울러 부탁드릴 것은 또한 오늘 이 자리를 일어나시자마자부터는 선생님의 무술에 대해 입을 꼭 다물어주십사 하는 것입니다. 다른 마을 사람들이 우리 마을에는 왜 안 데려오시느냐고 항의를 하는 날에는 저희들은 그날로 굶어죽는 수밖에 없습니다. 선생님은 결코 약장수가 아니십니다. 엠비시뿐인 줄 아십니까. 케이비에스 「만나보고 싶었습니다」 시간에도 직접 나오신 걸 여러분들 잘 아실 겁니다. 지금도 여기 와 계신 걸 알면 금방이라도 신문사에서 달려올 것입니다. 그런 선생님을 특별히 모실 수 있었던 것은 선생님께서 여러 어르신네들 앞에서만 꼭 한 번 하늘에서 받은 신기의 무술을 보여주시겠다고 어렵게 허락하셨기 때문입니다. 영광스러운 일입니다. 자, 그럼 선생님을 모시겠습니다. 마지막으로 다시 한 번 꼭 부탁의 말씀드릴 것은 다른 데 가서는 이런 걸 보았다고 말하면 안 된다는 것입니다. 자, 선생님께서 나오실 때 박수로 맞아주십시오."

그럴듯하게 꾸며대는 소개말과 함께 휘장이 쳐진 미니버스 속에서는 건장한 중년 사내가 큰스님이나 걸쳐야 할 십조가사를 거창하게 늘어뜨리고 잔뜩 위엄을 떨치며 뚜벅뚜벅 걸어 나왔다. 앞서 등장해서 여러 가지 잡스러운 쇼를 보여주던 역할들은 바람잡이들에 지나지 않았다. 그는 합장을 한 뒤에 가사를 고이 벗어 개어놓고 가운데 떡 버티고 서서 우선 머리로 각목 몇 개를 쉽사리 부서뜨려 보였다. 각목을 어떻게 처리해놓았든 아니든 나 같은 약골에게는 그것만도 아닌 게 아니라 신기에 가까웠다. 구경꾼들도 오금을 사려 쥐었다. 이어서 붉은 벽돌을 쉽사리 깨고 나서 또 이어서 차돌은 어느 정도 힘을 들여 어렵사리 깼다. 그의 몸놀림에는 무술인다운 절도가 유난히 강조되어 드러나 보였다. 그리고 마지막으로 도저히 깰 수 없는 듯한, 주춧돌로나 쓰면 알맞은 크기의 우악스러운 돌이 받침대 위에 올려졌다. 돌이 아니라 차라리 바위였다. 옆에서 거드는 행자 차림의 젊은이가 그 위에 수건을 접어 올려놓고 숨마저 죽인 채 뒤로 물러났다. 그는 심호흡을 하고 나서야 돌 위에 손을 얹었다.

"소생이 이번에는 이걸 한번 깨 보이겠습니다. 달리 깨는 것이 아니라 공중에 뛰어올라 몸을 한 바퀴 돈 뒤에 내려오면서 이마로 이걸 받아서 깨 보이겠습니다."

엄청난 일이 벌어지려는 찰나였다. 구경꾼들은 흥미

로운 눈빛에 긴장하는 기색이 역력했다. 그때 나는 바로 옆의 포장집에서 국수를 시켜 먹고 있었다.

"뻔질나게 오믄서 지까짓 게 도사는 무신 눔의 도사. 돌은 깨지도 않는 걸 가지고!"

아까부터 술에 잔뜩 취해 실성한 듯 히죽히죽 웃기까지 하며 포장집 아주머니를 추근거리고 있던 사내가 침을 탁 내뱉었다. 나도 이미 그것을 눈치채고 국수라도 한 그릇 시켜 먹을까 하여 구경꾼들 틈을 빠져나온 참이었다. 이제는 구경거리란 없고 약을 파는 순서만 남아 있게 마련이었다. 그렇지만 그 과정을 빤히 아는 사람에게도 약장수가 구경꾼들을 꼼짝 못하게 얽어매 기어코 약을 사게끔 하는 솜씨야말로 '신기'가 아닐 수 없을 것이다. 그는 정말 '도사'로 불러 마땅했다. 그러는 사이에 어느덧 해가 설핏해지고 있었다.

거기에 원숭이는 과연 있었던가. 나는 여전히 아슴푸레했지만, 있었다고 믿어보고 싶었다.

"자, 어서 가자구요. 장에 가면 원숭이가 있다구. 틀림없이, 여기서 소독약 냄샐 맡고 있느니 바람 쐬러라도 가자구요. 택시 타믄 얼마 안 걸려요."

헤어날 활로를 찾은 사람처럼 나는 말했다. 어차피

얼마 동안 집구석에 들어가지 못할 바에야 어디론가 갈 곳을 찾기는 찾아야 하기도 했다.

"원숭인 뭘…… 골이라두 깨먹을 거라믄 몰라두. 캬를캬를캬를."

연출가 김형은 망설이는 눈치였다.

"아니 원숭일 꼭 보자는 건 아니지. 그건 이를테면 건달 세계의 명분이랄까."

나도 따라 빙긋이 웃어 보였다. 그러나 곧 나는 그가 왜 망설이는지 까닭을 어렴풋이 짐작할 수 있었다.

"별 볼일 없는 사나이들일수록 명분 하나만은 그럴 듯해야지. 그렇지 않습니까? 그러니까…… 거, 왜, 원숭인 우리나라엔 없는 동물 아뇨. 그걸 보러 간다는 건 굉장한 명분이지. 김형, 그렇지요?"

나는 농담 섞인 투로 배우 김형 쪽을 향해 동조를 구했다.

"원숭이를 보러 간다…… 하, 그거 명분 하나 기막힙니다. 이 숨 막히는 시대에 말입니다. 뭔가 오는 게 있군요. 이놈의 일상을 한번 벗어나 봅시다. 마누라 등쌀에다 정치판 꼴이 도통 꽉 막힌 시대에 말입니다. 원숭이……."

그는 웃지도 않고 눈을 껌벅이며 대답했다. 그가 무슨 생각을 하고 있는지는 몰라도 어딘가 진지한 면모가 없지 않았다. 숨 막히는 시대라는 말은 마침 민주화를 외치며 최고조에 달한 데모의 열기와 그에 맞서 엄청나게 터뜨리고 있는 최루탄의 독한 가스에 휩싸인 저 거리들을 연상시켰다. 그의 진지성에 건성으로 그런 제안을 했던 나는 얼마쯤 주춤했다. 그는 나 같은 어중된 부류와는 달리 암울한 정치와 시대를 걱정하고 있었다. 어느 때나 어중된 인간은 그와 같이 시대고를 짊어진 사람들에 의해서 삶의 중심을 가누고 있다는, 큰 빚을 지고 살아가는 것이다.

"솔직히 말해 난 못 가요. 마누라가 직장에서 곧 돌아오거들랑요. 씨바."

연출가 김형은 이번에는 '칠면조 소리'를 내지 않았다. 나는 알고 있었다. 그의 아내는 이웃 공단에 직장을 가지고 있다고 하는데 네 시면 퇴근해서 집으로 돌아왔다. 빨라서 좋은 게 아니라 이상했다. 솔직한 편인 그가 아내의 직장에 대해서만은 어물거리는 것은 아마도 정상적인 취업 상태가 아니기 때문일 터였다.

"우리 마누란 새벽에 일을 끝냈으니깐 그런 걱정은

없네요, 허허허."

배우 김형의 아내가 새벽마다 우유를 배달하고 있는 것을 우리는 알고 있었다. 얼핏 들은 바에 따르면 그는 경기도 어디의 면사무소 직원, 즉 '당당한 공무원'이었다는 것이다. 그런데 어릴 적에 단 한 번 무대에 섰던 경험이 나이가 들수록 그를 아프게 쑤셔 대서 그만 때려치웠다는 것이었다. 연극을 해야만 살 것 같았다는 것이었다.

"우리 마누란 우유 배달도 못하고 밥만 축내니……."

나는 그가 들으라고 하는 말은 꼭 아니었지만 혼잣말처럼 우물거렸다.

"형이야 유산이 워낙 많잖수. 허허허."

배우 김형이 이죽거렸다. 그가 유산이라고 하는 것은 이사 올 때 받아 가지고 온 쥐꼬리만 한 퇴직금을 일컫는 것이었다. 그것도 다 떨어져 간당간당한다고 아내는 조바심을 치고 있었다. "나래두 뭘 해야 할까 봐요……." 하고 아내는 흐린 얼굴을 들고 바깥을 응시하곤 하는 것이었다. 이 동네엔 등처가들이 많다면서?…….

"거기 김형은 마누라한테 봉사하시고 우린 떠납시다. 원숭일 보구 옵시다."

나는 배우 김형을 잡아끌었다.

"맞아요. 원숭일 보구 우리가 진화해 온 역사에 곰곰이 따져봐야지요. 사실 우리네 살아가는 꼴은 조삼모사 원숭이 꼴인지도 모르니까요. 아침에 세 개 주고 저녁에 네 개 준다면 길길이 뛰며 화를 내다가도 반대로 아침에 네 개 주고 저녁에 세 개 준다면 좋아라 하는 원숭이 꼴······."

내게 있어서 원숭이란 단순한 하나의 상징에 지나지 않았다. 그것은 조금만 유별난 동물, 이를테면 곰이라든가 늑대라든가 오소리라든가 하물며 족제비라도 상관없었다. 그런데 그에게는 이제 원숭이는 다른 동물로 대체될 성질의 것이 아닌 듯싶었다.

"어서 가요, 가. 가서 원숭이 똥구멍이 빨간지 어떤지 확인하고 오쇼. 캬를캬를."

손짓하는 연출가 김형을 뒤에 남겨놓고 우리는 무슨 굉장한 일이라도 있는 사람들처럼 공원을 빠져나갔다. 차편이 신통치 않아 부랴부랴 택시까지 잡아타고 나자 원숭이는 훨씬 구체적인 과제로 내게 다가왔다. 아무렴. 지금 우리는 원숭이를 찾아서 가는 것이다. 홰를 타고 앉아 우주 공간을 응시하는 거대한 원숭이가 아니라 구체적인 한 마리의 원숭이. 작지만 결코 가까이 가서는 안 될 원숭이.

언뜻 길가에 내걸린 '부처님 오신 날'의 플래카드와 원숭이의 모습이 겹쳐서였을 것이다. 언젠가 화보에 실렸던 저 인도지나 반도 크메르 왕조 때의 유적이 눈앞을 스치고 지나갔다. 그 유적은 오랫동안 버려진 채 밀림 속에 숨어 있었다고 했다. 이리저리 얽혀 완전히 휘감긴 덩굴줄기 속에서 마침내 장엄한 불두佛頭가 나타나고 있었던 것이다. 그것은 밀림 속에 아무렇게 버려져 있었으나 언젠가 나타나줄 사람을 기다려 외로움을 견디는 지극한 지혜를 전하려는 의지의 모습처럼 보였다. 힘주어 굳게 다문 입이 그랬고 덩굴줄기에 갇힌 채 아직도 형형하게 빛나는 듯한 눈이 그랬다. 그것은 살아 있는 거인의 머리였다. 그런데 그 모습이 왜 살아 있다고 느껴졌을까. 그 옛날 돌을 다룬 솜씨의 빼어남 때문이었을까. 물론 그렇기도 했을 것이다. 하지만 거기 덩굴줄기를 타고 얼굴을 오르내리고 있던 원숭이들이 없었더라면 어땠을까 하는 생각이 새삼스럽게 들었다. 수많은 원숭이들이 있었다. 그리고 그 수많은 원숭이들이 분명히 성스러운 얼굴을 짓밟고 있음에도 불구하고 오히려 수호하고 있다는 느낌이 든 것도 이상한 일이었다. 수많은 원숭이들은 성상聖像을 지키기 위해 끽끽거리며 모여든 원시 부족처럼 보였다. 그러자 부처의 얼굴이 따뜻한 피가 도는 얼굴로 살아나고 있었던 것이다. 이것은 오래전에 본 화보를 다시금 해석해서 얻은 결과이다. 그러나 이런 결과에 이르기 전에도 오랫동안 밀림이라는 말과 부딪칠 때마다 나는 그 부처의 얼굴을 떠올렸으나, 그것은 덩굴줄기에 의해 이리저리 얽힌, 잔뜩 비끄러 매여 구속된 얼굴일 뿐이었다. 그 구속된 부처의 모습이 내 마음을 찌르고 있었다고 나는 고백해야 한다.

  그런데 거기 원숭이가 있었다. 예전 보았을 때도 원숭이는 있었다. 그러나 그것은 부처의 얼굴을 짓밟아, 안 그래도 황폐한 모습에 처량함마저 더해 주던 경망스러운 짐승들이었다. 하지만 우연찮게 원숭이를 찾아 택시를 타고 가는 도중에 그 원숭이들은 다른 모습으로 내 뇌리에 되살아났던 것이다. 알 수 없는 노릇이었다. 이렇게 원숭이들이 역할을 바꿈과 함께, 나는 처음 그 화보를 보았을 때 내가 나도 모르게 숙제를 가진 채 살아왔다는 사실을 깨달았고 또한 그 숙제가 모습을 드러내는 순간 풀리고 있다는 사실을 깨달았던 것이다. 밀림 속에서 부처의 얼굴은 원숭이들에 의해 신비하고도 생생한 삶을 영위하고 있었다. 부처의 얼굴은 덩굴줄기에 비끄러 매여 있는 처참하고 무력한 모습이 아니었다. 덩굴줄기라는 세속의 결박과 고난 속에서도 의연히 희망의 빛을 내뿜는 얼굴, 결연히 진리를 외치는 진중하고 환한 얼굴, 그것이었다.

"원숭이가 정말 있을까요?"

배우 김형이 중요한 질문이라는 듯 물었다. 왜 그렇게 집착하는지 모르겠어도 그는 그 나름의 어떤 궁리를 하고 있는 모양이었다. 또 그 시대고인가 하는 생각이 들자 공연히 역겨움마저 느껴졌다. 나는 그의 진지함이 여러 가지 공부나 경험이 모자란 데서 오는 열등의식의 결과라고 여겨졌던 때가 종종 있었다. 그렇게 여겨질 때는 그를 만나고 있는 것이 고역으로 변했다.

"글쎄, 운이 좋으면 있겠고…… 없어도 그만 아니오?"

나는 다소 퉁명스러운 말투로 받았다. 내가 원숭이에 대해서 여러 상념을 굴리고 있는 만큼 그도 그렇단 말인가. 우스꽝스러운 일이라고나 해야 했으나 불쾌한 기분이 앞섰다. 이 사람, 왜 자꾸 원숭이, 원숭이, 하는 거야. 남은 지금 크메르의 밀림 속에 가 있는데, 하는 심정도 곁들였다. 그러자 그가 입을 열었다.

"석가모니 부처님의 전생 설화에 보면 말입니다. 부처님이 많은 전생을 거쳐서 가비라 국의 왕자로 태어나는데 그 전생 중에, 물론 다른 많은 동물들도 있습니다만. 원숭이가 나옵니다. 오래돼서 기억은 흐릿하지만……."

그 말에 나는 흠칫 놀랐다. 마치 그가 내 뾰족한 마음의 일단을 엿보고 있는지도 모른다는 생각이 든 때문이었다. 그렇지 않고서야 난데없이 그의 입에서 '석가모니 부처님'은 웬 것이란 말인가. 그도 '부처님 오신 날'의 플래카드로부터 생각을 일으키고 있었음에 틀림없었다. 그렇다면 내가 밀림 속의 부처의 얼굴을 더듬고 있을 때, 그는 한술 더 떠서 그 부처의 전생 설화를 더듬고 있지 않는가!

"김형은 불교 신잔가 보군요."

나는 흐트러진 감정을 재빨리 수습하려고 애썼다.

"신잔 무슨 신자겠습니까. 해마다 이맘때쯤 꽃피는 봄은 석가모니의 계절이요, 또 눈 내리는 겨울은 그리

스도의 계절이요 하고 있는 거지요."

다분히 연극 대사투의 말임에도 불구하고 반감만을 앞세울 계제가 아니었다. 나는 눌리는 느낌이었다. 한 두 마디 말로 갑자기 그가 나보다 한 수 위에 있게 되었다고 생각하니 불뚝 부아마저 끓었다. 그는 어떤 경우에도 나보다 밑에 있어야 마땅하다는 게 내 평소의 자리매김이었던 것이다.

"하, 거 참 좋은 신앙입니다."

나는 짐짓 차창 밖으로 눈을 돌리고 감탄도 아니고 비아냥도 아닌 어정쩡한 투로 말했다. 어서 빨리 벗어 나서 몇 마디 말 때문에 생긴, 잘못된 질서를 바로잡아 야 한다.

"꽃피고 눈 내리고…… 생각해 보면 얼마나 기막힙 니까. 눈물나지요. 다 와가나 보죠?"

그가 배우로서의 능력을 은연중에 발휘하고 있다고 믿고 있었다. 그는 이제까지의 그와는 달리 보였다. 더 이상 말을 붙였다가는 그야말로 무슨 고수가 되어 또 나를 압도할지 모를 일이었다. 나는 입을 꾹 다물고 크 메르의 밀림 속에 있는 부처의 얼굴을 떠올려보려고 했다. 그러나 목적지가 가까워서 들쑥날쑥 건물들이 붙어선 비좁은 길에 들어서서인지 그 얼굴은 잘 떠오르지 않았다. 할 수 없었다.

"마침 오는 날이 장날인 모양입니다. 잘됐군요. 원숭이가 있겠어!"

나는 기대감에 넘쳐서 말이 크게 나왔다. 말이 장날이지 이미 옛 풍습이 사라진, 도시 가까운 시골장은 활기를 잃고 있었다. 우리들은 택시에서 내렸다. 그도 이리저리 휘둘러보기는 했지만 장날치곤 보잘것없다고 실망한 눈치였다. 하긴 파장이기도 했다. 너무 급격한 변화를 일으키며 어디론가 내닫고 있는 세상인지라 며칠 전이 옛날이 되고 마는 실정이었다. 불과 얼마 전까지도 있었던 풍물이 하루아침에 사라지는 판국이었다. 예전의 우리 삶이 향수를 머금고 찾아갈 만한 시골장은 이제 아무 데도 없는 것이었다. 그렇긴 해도 그날따라 장은 워낙 보잘 것이 없었다. 그런 정황이 원숭이가 있겠다는 기대감에서 급속히 바람을 빼고는 있었으나, 우리는 상점이며 좌판을 지나 약장수들의 터로 향했다.

"뭐 볼 게 없네. 장이라고……"

그가 뒤따라오면서 중얼거렸다. 원숭이를 못 보리라

고, 그래도 괜찮다고 그쪽에서 미리 실망의 부담을 덜어주려는 배려 같았다. 나 역시 택시를 내릴 무렵과 내리고 나서의 상태가 완전히 반대로 바뀐 데 놀랐다. 원숭이가 있을 기미는 전혀 없었다. 나는 이상하게 벌써 단정을 내리고 있었다. 원숭이는 없다.

"없으면 또 어떻겠소. 어디 가서 막걸리나 한 잔 하고 가믄 되는 거지. 원숭인 그저 있으나마나 재미로 내세운 거 아뇨."

나는 무뚝뚝하게 말했다. 야채장수의 마이크 소리가 우렁우렁 울리고 있었다.

"있으나마나는 아니지만…… 없는 데야 할 수 없겠죠."

그는 사실대로 말하고 있는 것이었다. 그러나 그 말도 왠지 내 비위를 거슬렀다. 언제까지고 삼류로 남아 있다가 죽을, 삼류 연극쟁이 같으니라구. 나는 부글부글 끓어오르는 감정을 꾹 누르느라고 숨까지 식식 몰아쉬었다. 약장수 터가 보이기 시작했으므로 원숭이가 없으리라는 건 기정사실이 되어 있었다. 왜냐하면 그 터에는 있어야 할 약장수가 아예 보이지 않는 것이었다. 이번 장에는 오지도 않은 모양이었다. 왜 원숭이는 들먹거려가지고 이 꼴이 되었는지 알다가도 모를 일이었다.

"없군요. 아예 약을 팔지를 않으니. 전에는 도사가 나와서 이마로 돌을 깨고…… 틀렸어요. 원숭일 보믄 재수가 없다더니…… 저기 국숫집은 그대로 문을 연 모양이니 거기서 막걸리로 목이나 축입시다. 원숭인 없어요."

나는 그의 의사도 묻지 않고 그리로 향했다. 나는 풀이 죽어 어깨마저 내려앉았다. 원숭이 따위를 찾아서 무엇 때문에 여기까지 씨근벌떡 왔는지 도무지 알 길이 없었다. 원숭이는 없다. 따져보면 아무 일도 아닌 것이 확실한데, 무엇엔가로부터 된통 당한 느낌이 들었다. 그 약장수 패거리는 어디 다른 곳에 가서 '도사'를 모셔놓고 아무 효험도 없는 밀가루약을 신경통이나 온몸이 쑤시는 데 특효라고 한바탕 사기를 치고 있을 것이었다. 빌어먹을. 나는 얼굴까지 벌게졌다. 그러나 어떻게든 내 심리 상태를 감추지 않으면 안 되었다.

내가 향하는 대로 그도 휘적휘적 따라오고 있었다. 이제 원숭이야 있든 없든 그만이라고 덮어두려고 해도 자꾸만 마음이 걸렸다. 더군다나 그와 집에 갈 때까지

같이 있어야 한다는 생각이 들자 갑자기 죽은 원숭이의 시체라도 등에 걸머지고 있는 느낌이 들었다.

"아주머니, 나 아시겠어요? 저번에 여기 와서 국수 한 그릇 먹고 간…… 오늘은 막걸리나 한 통 줘요. 휴우, 벌써 날씨가 더워져서."

포장집 안은 후끈거리기조차 했다. 그와 나는 좁다란 판때기 의자에 나란히 앉았다. 그가 원숭이에 대해서 더 이상 이러쿵저러쿵 하지 않는 것만도 다행이었다. 아주머니가 막걸리통을 흔들어 내놓는 동안 다시 돌이켜 생각하니 약장수 패거리들이 없는 것이 잘된 일이라고도 여겨졌다. 만약 그들이 있는데도 원숭이가 없었더라면 더욱 낭패였을 것 같았다. 내 기억이 정확하지 않음에도 나는 그렇게 믿고자 하는 의지를 앞세워 없는 원숭이가 있다고 허상을 세워놓은 것은 아닐까. 그럴지도 모르는 일이었다. 아니, 그렇지는 않았다. 원숭이는 있기는 있었다. 그런데 지금 없는 것이었다.

"아주머니, 여기 혹시 약장수들, 원숭이 끌구 다니지 않았습니까? 원숭이 구경왔는데."

나는 용기를 내서 물었다. 어차피 원숭이 놀이는 끝난 것이었다. 이제 원숭이 이야기는 끝내도 무방할 것이었다. 언제부터인지 쓰잘데없이 원숭이, 원숭이 하고 다녀서 몸 어디엔가 원숭이 냄새가 잔뜩 배어 있는 듯했다.

"자, 원숭이를 위해서 한잔."

나는 맥 빠졌다는 듯 목소리를 낮추고 컵을 쳐들었다. 그가 말없이 컵을 들어 부딪혔다.

"약장수 원숭이요? 원숭이는 많아요. 종종 뵈는 게 원숭인데요 뭘. 원숭이가 있음 구경꾼들은 한둘이라도 꾀게 마련이니까요."

아주머니는, 당신네들 처지두 알 만하우, 하듯이 비싯 웃음을 머금었다. 요즘 세상에 오죽 변변찮으면 원숭이나…… 그러자 그가 눈빛을 빛냈다.

"어디, 있습니까? 원숭이 보려 왔으면 골은 못 빠개 먹어도 낯짝은 봐야지."

그가 힘주어 말했다. 아주머니가 놀란 듯 뒤돌아보았다.

"오늘두 있었는데…… 파장이라…… 요전번 약장순 원숭이가 없지요. 난쟁이다 뭐다 잔뜩 있으니까. 대신 다른 사람이…… 마찬가지로 약장수지만요. 저쪽으로 갔어요. 요 언덕 너머 쪽으로요. 그 사람 집이 거긴가 그렇다나 봐요."

그곳에 원숭이가 있었다는 것은 사실이었다. 나는 멀거니 그를 쳐다보았다. 그러나 원숭이가 있었다고 하더라도 이제는 하등 흥미가 없었다. 그것은 애초에 막걸리 한 잔에 달랠 수 있는 갈증에 해당하는 흥미였는지도 몰랐다. 다만 원숭이가 있기는 있었다는 사실이 증명되어 위로는 되었다. 그러나 그의 태도가 어딘지 미심쩍었다.

"어때요? 이왕 여기까지 왔으니 산보 삼아 거길 가 봅시다. 원숭이야 어디까지나 명분이지요. 오래간만에 시골길을 걷는다는 것도 괜찮겠는데. 난 사실 집에 가야 할 일도 없고요. 어떻습니까? 바쁩니까?"

그가 은근하고도 집요하게 달라붙었다. 죽었던 원숭이가 다시 살아나는가 싶었다. 나는 어떻게 대꾸해야 좋을지 몰라 잠시 망설였다. 원숭이에는 흥미가 사라졌다기보다 질렸다는 편이 옳을 것이다. 그러나 '집에 가야 할 일도 없고요' 하는 그의 말만큼은 내가 할 말이었다. 아내는 아직 소독약 냄새가 채 가시지 않고, 바퀴벌레의 시체가 나뒹구는 집구석에 기어들어와 암담한 표정을 짓고 서성거리리라. 그렇지만 그의 뜻에 선뜻 따르기가 좀 뭣한 데가 있어서 나는 막걸리잔을 들며 일단 오늘은 좀 늦지 않았느냐고 미지근하게 대꾸할 수밖에 없었다.

"늦을 게 뭐 있습니까? 해 지기 전까지만 갔다가 돌아가믄 그만이지. 사실 원숭인 많다지 않습니까. 가는 데까지 가보자 이겁니다. 오늘은 나도 이상한 점이 있습니다만, 하여튼 갑시다. 원숭이를 찾아서 간다……이 시대에 우리가 할 일이 뭐 별로 없지요. 지랄 같은 세상 아닙니까?"

그가 막걸리 한 잔에 취했을 리는 없었다. 그가 구체적으로 어떤 현상을 가리켜 '지랄 같은 세상'이라고 하는지는 설명하지 않아도 알 수 있었다. 그러나 나는 울분을 토하는 데는 신물이 나서 그저 고개만 끄덕거렸다. 그러면서 눈길을 떨고 있는 참에 "자, 일어나서 갑시다." 하는 소리가 들려왔다. 술을 잘 못하는 체질인 데다가 낮술이어서인지 개씨바리 눈병이라도 앓는 듯 충혈되어 있는 그 눈이 유난히 번들거린다고 나는 느꼈다.

어느 정도 기운 해도 벌겋게 충혈된 빛이었다. 우리들은 원숭이라는 이상의, 정의의 기치를 높이 들고 바야호로 언덕을 향해 나아가고 있었다. 어차피 그리 된 바에야 나는 원숭이에 대한 정열을 다시금 불러일으킬 필요가 있다고 생각되었다. 그래. 또 한 마리의 원숭이가 있기는 있었다. 붉은 얼굴 바탕에 흰 점이 뚝, 뚝, 뚝, 찍히고 눈 둘레가 흰 동그라미가 강조된 달의 원숭이었다. 옷차림도 아래위가 다 붉었다. 봉산탈춤이었지, 아마? 나는 기억을 더듬었다. 거기 등장한 원숭이는 소무小巫와 어울려 엉덩이를 흔들며 음란한 장면을 연상시키는 춤을 추었다는 기억이 되살아났다. 하지만 그뿐이었다. 그 원숭이는 내게 아무런 영감을 불어넣지 못했다. 영감은커녕 말마따나 재수 없는 원숭이에 불과했다. 나는 그 요망스러운 엉덩이짓을 빨리 머리에서 떨쳐버려야만 했다. 그렇다면 다른 원숭이는? 나는 머리를 쥐어짰다. 그러자 너무도 잘 알려진 원숭이가 비로소 나타났다. 원숭이 생각을 하면서 그 이름이 왜 그토록 늦게 나타났는지 의아스러울 지경이었다. 현장법사를 따르는 손오공이었다. 하지만 손오공도 내게는 별 힘이 되어주지 못했다. 그저 터벅터벅 걷고 있는 내게 손오공이 와서 빨리 좀 걸으라고 한들 그것이 무슨 의미가 있을 것인가. 나는 불법을 구하러 천축으로 가는 스님이 아니었다. 그런데 원숭이를 찾아서 가다니, 원숭이는 뭐 말라죽을 원숭이란 말인가.

언덕을 넘자 높다란 돌산이 나타났다. 언덕 밑에서부터 돌산 밑까지는 버려진 개펄이었다. 그리고 한쪽으로 물이 반듯반듯 네모지게 고인 곳은 염전이었다. 더욱 낮아진 해가 잿빛의 개펄 위 나지막한 하늘에 삶은 게의 등딱지처럼 빨갛게 붙어 있었다. 우리는 말없이 서서 담배를 한 대씩 피웠다. 아주 멀리, 영원히 아무도 모를 비의秘意의 땅으로 온 것 같기만 했다. 말을 맞추지 않아도 우리는 돌산까지 가보자는 데 합의하고 있었다. 돌산 밑으로 집 몇 채가 있는 작은 마을이 눈에 잡히는 듯했기 때문이었다. 누가 먼저라고 할 것도 없이 우리는 걸음을 옮겨놓았다.

군데군데 갈대와 나문재가 자랄 뿐 개펄은 죽은 땅이라는 말을 연상시켰다. 작은 농게 한 마리라도 눈에 띌 법하건만 전개되는 것은 잿빛의 젖은 땅뿐이었다. 그 땅의 단조로움은 모든 살아 있는 것들에게 오로지 침묵만을 강요하는 듯싶었다. 아메리카 사막의 혹심한 환경도 방울뱀을 기르고 있다는데, 어쩐지 섬뜩한 느낌도 들었다. 여기저기 좁다란 골을 이루어 물이 질척 질척 흐르고 있을 뿐인 것이다. 그곳을 오직 돌산으로 가는 것만이 목적인 두 사내가 살아 움직이고 있었다. 돌산으로 간 다음에는 물론 돌아오는 것만이 일이었다. 내가 그렇게 알고 있듯이 그도 잘 알고 있을 것이었다. 사막 같군 하고 나는 말하려다가 그만두었다. 그곳은 틀림없이 바닷가 개펄이었다. 그러나 그런 사실 때문에 말을 못 꺼낸 것은 아니었다. 무슨 말을 하기에는 우리 두 사람은 서로가 너무 고립되어 있는 것이었다.

얼마나 걸었을까.

황량한 개펄을 지나 우리는 염전으로 들어갔다. 수차 水車가 아무렇게나 뒹굴고 있는 것으로 보아 소금 굽는 일은 일찌감치 걷어치운 모양이었다. 우리는 염전 논두렁길을 밟고 돌산을 마주 안듯이 하고 걸었다. 돌산 언저리의 표고가 높아진 탓인지 해는 곧 넘어가려고 하는 참이었다. 빨갛고 반투명으로 사위어가는 해였다. 침묵으로 가득 찬 그 개펄 땅에서는 해마저 하나의 정물이었다. 돌산 밑에는 분명히 몇 채의 집이 뚜렷한데도 얼씬거리는 그림자조차 보이지 않았다. 그곳은 오히려 괴괴한 정적마저도 감돌았다. 논두렁길이 끝나고 동네 어귀로 들어섰지만 사람 모습은 눈에 띄지 않았다. 사이사이에 적산 가옥들이 아직도 끼여 서 있는, 염부들의 동네 같았다. 염전이 폐쇄되자 모두들 어디론가 떠나간 것이 분명했다. 땅거미가 스며들어 집들은 더욱 우중충해 보였다. 으스스한 바람이 돌산을 감아 내려오고 있었다. 도대체 우리가 왜 이런 곳까지 왔는지 막막해졌다. 혹시 우리는 돌아가는 길을 잃어버린 것이 아닐까. 아니, 돌아가는 길 자체가 없는 것이 아닐까. 낡고 허물어진 빈집에서 평생을 유령으로서 살아야 하는 것은 아닐까.

그때였다.

"뭐 하는 사람들이오?"

바람결을 타고 분명히 사람의 목소리가 들려왔다. 소금기에 절었는지 잔뜩 가라앉은 목소리였다. 우리는 깜짝 놀라 그 자리에 멈추었다. 목소리의 주인공은 그나마 좀 성한 적산 가옥 앞에 서 있었다. 낡은 작업복을 걸친, 키가 작은 사내였다. 우리는 사내를 보고도 입이 잘 떨어지지 않았다.

"아, 예…… 여긴 빈 동네로군요."

배우 김형이 겨우 입을 열었다.

"이젠 빈 동네가 됐소. 모두들 떠나갔소만…… 여긴 어찌들?"

사내는 경계심을 늦추지 않았다. 우리가 무슨 일로 여기까지 온 것일까. 알 수 없었다. 그냥 오다 보니 왔다는 것도 틀린 대답이었다. 우리는 맹목적인 가운데 열심히, 서로의 고립감에 대적하며, 무슨 극기 훈련이라도 하는 듯 거기까지 이른 것이었다.

"이 동네에 약장수가…… 원숭이가……."

나는 무슨 말인가 해야겠다고 생각해서 입술을 달싹거렸지만 내가 생각해도 어처구니없는 말이었다.

"뭐요? 약장수? 원숭이?"

사내의 말은 어느덧 카랑카랑한 목소리로 변해 있었다.

"예…… 원숭이를 끌고 다니는 약장수를 찾아왔습니다."

배우 김형이 겨우 문장을 만들었으나 그것은 암호로밖에 들리지 않았다. 사내가 여전히 경계심을 늦추지 않은 채 우리들의 아래위를 훑어보았다. 우리들은 죄지은 사람처럼 몸을 움츠렸다.

"보아하니 멀쩡한 사람들 같은데 여긴 그런 사람이

없어요. 나하고 내 집사람밖에 안 남았단 말요. 원숭이라니? 원숭이 따윈 없단 말요."

　사내는 경계심 대신에 화를 내고 있었다.

　"예…… 원숭이가 없구만요."

　배우 김형이 기어들어가는 목소리로 말했다. 그러고 보니 우리가 왜 그렇게 주눅이 들어 있는지도 알 수 없었다.

　"이 사람들이 누굴 놀리나…… 원숭이 따윈 옛날부터 없었소. 그리구 어서들 돌아가쇼. 여긴 해가 진 후에는 출입이 금지돼 있는 곳이니까. 경고문을 못 읽었소? 일몰 후에 어정거리다간 꼼짝없이 간첩이 돼요. 총 맞아 죽어도 말 못 해요. 아닌 밤중에 원숭인 무슨 원숭이. 어서들 가쇼. 큰일 날 원숭이, 아니 사람들이군."

　"아니, 총을요? 총은 무작정 쏘나요?"

　나는 머리를 조아리며 물었다.

　"총이란 쏘라고 만들어놓았다는 말이 있지. 더군다나 아닌 밤중에 원숭이 암호를 대고 다니다간 총을 맞기 십상이지. 어서들 가요."

　사내의 말은 명령같이 들렸다. 우리는 대꾸할 말조차

잊어버렸다. 날은 이미 어두울 만큼 어두워 있었다. 우리는 뒤도 돌아보지 않고 그 사내 앞을 떠났다. 수차의 그림자가 어스름 속에 괴물처럼 보였다. 밤중에 개펄에 나가 뭔가를 잡던 사람이 군인의 수하를 받고 도망치다가 총에 맞아 죽은 데 대해 며칠 전에 공원에서 만나 이야기를 나눈 적이 있었다. 나처럼 그도 그 사실을 떠올리고 있을 것이었다. 그러고 보니 그 돌산으로 접어들 때부터 우리는 무엇인가 으스스한 기분에 젖어 있었다. 꼭 총알 하나가 그렇게 만들었다고 할 수만은 없었다. 굳이 따지자면 이 강산에 서로 총부리를 겨눈 채 깊이 침투돼 있는 흉측한 불신의 괴저 탓이라고나 해야 할 것이었다. 그도 나처럼 다리가 제대로 움직이지 않는 것이 어스름 속에 더욱 과장되어 나타났다. 다리를 후들후들 떨고 있는 것이었다.

"우리가 왜 여기 왔는지 몰라."

나는 두려움을 이기기 위해 말을 건넸다. 그래도 그는 말없이 걷기만 하고 있었다. 몸을 거꾸러질 듯 앞으로 수그리고 걷고 있는 그 모습은 흡사 원숭이 같았다.

"우리가 왜 여기 왔는지 몰라."

나는 그가 못 들었는지 모른다는 생각이 들어서 그에

게 얼굴을 가까이 가져다 대고 호소하듯 말했다. 그제야 그가 겁먹어서 쪼그라든 얼굴을 내게로 돌렸다. 화가 난 듯도 했다.

"쳇, 나도 모르겠어요. 그리고 다신 원숭이 얘기를 하지 맙시다. 재수 없어요. 빨리 여길 빠져나가야겠어요."

그때 나는 내 눈을 의심하지 않을 수 없었다. 그의 얼굴은 단순히 겁먹거나 화난 얼굴이 아니었다.

"아니, 그 얼굴이……."

나는 분명히 '그 얼굴이 도대체 뭐요?' 하고 물으려고 했었다. 그러나 말이 이어지지를 않았다. 마악 밀려든 어둠 탓이려니 하려고 해도 헛일이었다. 나는 내가 잘못 보았나 해서 자세히, 그러나 그가 눈치 채지 않도록 살펴보았다. 틀림없었다. 옆에서 본 얼굴도 틀림없었다. 주둥이가 튀어나오고 가장자리가 털로 둘러져 있는 얼굴.

그것은 영락없는 원숭이의 얼굴이었다. 어찌 된 노릇이란 말인가. 나는 악 소리가 나오려는 것을 간신히 짓눌렀다. 무엇엔가 홀렸다는 생각이 들었다. 그렇지 않고서야 멀쩡한 사람의 얼굴이 원숭이 얼굴로 보일 까닭이 없었다. 다리만 후들후들 떨리는 게 아니라 아래 위 이빨이 서로 부딪치는 소리가 덜걱덜걱 고장난 수차 소리처럼 들려왔다. 그는 자기가 원숭이로 변했다는 사실을 전혀 의식하고 있지 않은 듯 부지런히 걷고만 있었다. 나는 공포 때문에 온몸이 돌처럼 굳어버릴 지경이었다. 그러나 어쩔 도리가 없었다. 내게 이미 사람으로서의 자유는 사라져버렸다고 나는 느꼈다. 그러자 조금 앞서 가던 그가 내게로 얼굴을 돌린다고 생각되었다. 아마도 잘 걷고 있는지를 보려는 모양이었으나 나는 그 얼굴을 정면으로 쳐다볼 수가 없었다. 이런 일이 어떻게 일어났는지 끔찍한 노릇이 아닐 수 없었다. 그런데 난데없이 그의 비명에 가까운 목소리가 들려왔다.

"아니, 그 얼굴이 뭐야? 꼭 원숭이 아냐!"

나를 보고 하는 말이었다. 나는 소스라치게 놀랐다. 아니, 그렇다면 나도 어느새 원숭이로 변했단 말인가. 그가 그렇게 보았으니 어김없는 사실일 터였다. 어느 순간에 우리는 둘 다 원숭이로 변하고 만 것이었다. 왜, 무엇 때문에 그런 사태가 일어났는지 따진다는 것은 무의미한 일이었다.

"사실 아까부터 얘기하려고 했는데 우린 지금 무슨 마술에 걸렸나 봐요. 그래서 둘 다 원숭이가 됐나 봐요. 킬킬킬."

나는 그를 안심시켜야 한다고 생각해서 짐짓 웃음소리를 곁들였다. 아니, 그만을 안심시키는 게 아니라 나 자신도 안심시키지 않으면 안 되었다고 해야 할 것이다. 하지만 그 웃음소리도 왠지 내 웃음소리같이 들리지 않았다.

"둘 다 원숭이? 설마 그럴 리가?"

그는 곧이들리지 않는다는 눈치였다. 그러고는 자기 자신은 아직 원숭이로 변했다고는 믿을 수 없다고 덧붙였다. 그것은 나도 마찬가지였다. 그가 나를 원숭이로 보았다고는 할지라도 나는 그렇게 여겨지지 않았다. 단지 그가 원숭이 몰골을 하고 있다는 것만은 내 눈을 믿어 의심치 않았다. 그러니까 우리는 서로 상대방만을 원숭이로 보고 있는 셈이었다. 해가 중천에 있을 무렵부터 원숭이 타령을 하고 있었던 결과 머리가 어떻게 되었는지도 모를 일이었다. 아니었다. 갑자기 어둠 속에서 수하를 받고 우물쭈물하자 옆구리에 들어온 총부리 때문이었다. 그것도 아니었다. …… 하지만 그 전말에 대해 이러쿵저러쿵 따지고 있을 겨를이 없었다. 그것에 대해서는 서로가 상대방을 원숭이로 보고 있다는 것만으로도 충분했다. 다만 우리는 어쨌든 함께 그곳을 빠져나가야 한다는 데는 의견의 일치를 보고 있었다.

"빨리 갑시다. 무서워서 견딜 수가 없어요."

"그래요. 서둘러야겠어. 이러다간 꼼짝없이……."

'꼼짝없이'라는 말 다음에 할 말이 죽는다는 것인지 원숭이로 영영 남게 된다는 것인지에 대해서는 나도 몰랐다.

그는 다시 휘청거리는 걸음으로 앞서 나갔다. 다른 말은 더 없었다. 개펄이 어둠 속으로 빨려 들어가고 있었다. 나는 그의 뒤를 따라 부지런히 걷기 시작했다. 죽은 땅 위로 바람이 무딘 쇠붙이 소리를 내며 불어왔다. 왔던 길이 맞는지 어떤지도 감을 잡을 수가 없었다. 나는 무슨 말인가를 하려고 했지만 머릿속까지 어둠이 들어와 꽉 차버린 느낌이었다.

만약에 우리가 원숭이가 되어야 했던 까닭을 알 수 있는 자가 있다면 그것은 저, 홰를 타고 앉아 광활한 우주 공간을 응시하는 거대한 원숭이뿐일 것이라고 여겨졌다. 그토록 우리는 어떤 힘에 의해 봉쇄되고 무력하게 되었으며 진실로부터 버림받았다……는 생각에 내 원숭이 몰골은 더욱 볼썽사납게 보이리라 싶었다.

　아무 말도 없이 우리는 앞을 향해 걸었다. 그가 앞으로 구부린 것처럼 나도 덩달아 몸이 앞으로 구부러졌다. 잘 보이지 않는 길을 더듬어 될수록 발걸음을 빨리하자니 자연 몸이 뒤뚱거릴 수밖에 없었다. 우리 둘은 극도의 공포에 휩싸여 쪼그라진 원숭이 얼굴을 하고 컴컴한 어둠 속을 허둥거리며, 그토록 우리가 벗어나고자 몸부림쳤던 일상을 향하여 거의 사력을 다해 발걸음을 옮겨놓고 있었다. ✣

구
효
서

[ㅇㅓㄴㅅㅜㅇㅇㅣ ㄴㅡㄴㅇㅓㅆㄷㅏ]

이
렇
게

읽
었
다

투명한 것이 깊어져 발하는 빛깔

　이 소설을 처음 읽었을 때 내 나이 서른둘이었다. 알쏭달쏭해서 선뜻 좋아하지 못했다. 스물 두 해가 지나 다시 읽었다. 여전히 알쏭달쏭했다. 그러나 이번엔, 그래서 좋았다.

　젊을수록 분명한 걸 좋아하고 나이 들수록 분명하지 않은 걸 좋아한다는 뜻일까. 아닐 것이다. 제 눈의 시력을 탓하기에 앞서 똑바로 보이지 않는다고 투정하는 건 나이와 상관없는 일일 테니까.

　알쏭달쏭한 게 이제 좋은 이유는 그것이 나를 묘문妙門으로 이끌기 때문이다. 내 시력과 깜냥으론 감히 도달할 수 없는 지점, 그러나 하여튼 그 문 앞까지 유도

해 주니 어찌 고맙지 않을 수 있을까. 아는 걸 안다 하고 모르는 걸 모른다 하는 한, 평생 그 문 앞에 당도하지 못할 것이다. 안다는 게 뭐며 모른다는 게 뭔지를 스스로 끝없이 묻고 헤매는 사이 문은 저절로 자신의 모습을 나타낼 것이다. 그래서 이름하여 묘문일 터. 이 소설은 그렇게, 고맙게도 사뭇 알쏭달쏭하다.

'노동조합이니 뭐니 만들어 당당하게 뛰어다니'거나 '민주화를 외치며 최고조에 달한 데모의 열기'가 지향하는 바가 루카치의 별이라면, '마누라 등쳐먹고 사는' '말할 수 없이 허약한 존재'인 '어중띤 부류'의 '건달'들이 '어디로 좀 움직여 볼' '명분'으로 삼은 것이 이 소설에서는 원숭이다. 저들의 별이 이들에게는 원숭이인 셈. 별과 원숭이를 맞비교할 때 스타일 구기는 쪽은 단연 별이다. 유위법有爲法이 무위법無爲法에 의해 부정되는 사정. 삶에 목적 따위 있을까. 이들의 처지가 거모리 도일장의 숱한 장돌뱅이들의 외연으로 확대되는 것만 보더라도 누추하고 비루한 것에 대한 은근한 애착이 삶과 미학에 대한 인식마저 전복시킨다. 이것에서 그친다면 알쏭달쏭할 것도 없다.

원숭이라는 명분이 시답잖다면 과연 어떤 명분이 시

다운 걸까. 이들의 삶이 부질없다면 과연 어떤 삶이 대수로운 걸까. 시답잖고 부질없는 건 정작 '있고' '없음'의 차별인식 아닐까……. 그러다 슬슬 '원숭이 구경'은 '사람 구경'이 된다. 원숭이가 곧 사람이라니!

게다가 그 못나고 경망스런 원숭이는 어느새 부처의 성스러움에 없어서는 안 될 요소가 된다. 속과 성의 분별이 없어지다가 끝내 속은 성이 되고 만다. 그러면서도 원숭이는 여전히 이들을 쥔 '덜미를 놓아주지' 않는다. 어쩌라는 건가.

부처가 등장하니 이들의 행보는 대웅전을 빙 두른 심우尋牛와도 같아진다. 찾다가, 찾았으나, 찾는 주객이 하나 되고, 그 하나마저 묘연해지는 십우도十牛圖. 찾는 것이 원숭이인들 소와 다를 게 무어랴.

원숭이를 찾다가, 찾지 못하고, 찾던 이들이 되레 원숭이가 되고 마는 까닭은, 이들이 당초의 저 '홰를 타고 앉아 광활한 우주 공간을 응시하는 거대한 원숭이'의 자기 본성에 접근했기 때문은 아닐까. 따분한 일상을 벗어나고자 원숭이를 찾아 나섰던 이들은 해가 져 어둡고 무서워진 묘문 앞에 당도했던 건 아닐까.

그리하여 맨 마지막, '그토록 벗어나고자 몸부림쳤

던 일상을 향하여 사력을 다해 달려가'려는 '일상'이란, 이제 떠나왔던 그 일상은 아니지 않을까. 이전의 일상으로 '돌아가는 길을 잃어버'렸거나 '돌아가는 길 자체가 없는 것은 아닐까.' 이제 길이 아닌 길을 통하여, 일상이 아닌 일상으로 돌아간다면 그곳에 무엇이 있을까.

그곳은 어쩌면 '꽃 피고 눈 내리는' 일 자체가 '기막히고 눈물나는' 세상일지도 모른다.

투명한 것이 깊어져 발하는 빛깔이 현玄이다. 그것이 두 번 겹친 것이 유幽다. 유현幽玄. 나는 그 말을 알쏭달쏭하다 풀었다. 이 소설은 유현한 소설이고, 우리를 묘문 앞으로 인도한다. 그 문을 열고 들어서는 것은 독자들의 몫이다. ✺

사랑의 방법

사랑의 방법

그 섬은 인천에서 1시간 30분 거리에 있었다. 물론 연안여객선이라는 이름의 배를 타고 걸리는 시간이었다. 지난해 한 단체가 강사로 불러 섬에 데려간 것을 계기로 이번에도 나는 행사에 끼여들었다. 해마다 인천 앞바다의 섬들을 하나씩 택하여 그곳에서 예술행사를 치룸으로써 새로운 시대를 맞이하는 일에 디딤돌을 놓겠다는 것이었다. 나는 자월도, 승봉도, 대이작도 등의 섬이름을 처음 들었다. 어쨌든 인천 앞바다의 섬들을 가볼 수 있는 절호의 기회였다. 나는 섬이라면 알 수 없는 동경을 품고 있었다. 그리고 섬 하나에 시 한 편을 남겨놓고도 싶었다. 남겨놓는다는 뜻은 섬에 대

윤후명
소
설

한 시를 쓰겠다는 것인데, 실상 나는 오래 전부터 섬이 시 같거나 아예 '섬은 시'라고도 하는 느낌을 간직해왔다.

　섬＝시.

　이와 같은 느낌을 바탕에 깔고 나를 무한 고독의 심원 속에 놓아본다는 생각이었다. '무한 고독의 심원' 같은 어려운 말이 아니더라도, 섬을 내가 숨쉬는 가장 적은 공간으로 설정하여 외로운 자아를 발현시켜본다는 뜻을 품은 것은 사실이었다. 하기야 이 역시 어렵고 애매모호한 표현에서 벗어날 수는 없지만 말이다. 오랜 세월 바닷물에 씻긴 히끗히끗한 바위벼랑이야말로 자아가 형성되며 남겨진 주름과 같다는 느낌. 그것을 나의 상흔으로 여겨보려는 생각.

　설렘 속에 섬에 도착하여 안내판 앞에 선 나는, 그곳이 임진왜란 때 피난지로서 나중에는 해적의 은거지였다고 하는 구절에 다소 놀랐다. 왜구들도 심심찮게 드나들었다고 했다. 나로서는 돌발적인 안내글이었다. 그러나 해적이나 왜구나 모두 과거의 말들이었다. 행사는 미래의 황해시대를 내다보는 청사진을 펼치는 것으로 마련되었다고 했다.

행정상으로는 옹진군 자월면에 속하는 그 섬에서 다시 배를 타고 풀등이라는 곳에 가서 황해의 새로운 이미지를 발견하는 것도 행사에 들었다. 풀등이란 밀물 때면 바닷물에 잠기고 썰물 때면 드러나는 모래밭을 그곳 사람들이 일컬어온 이름인데, 아무 것도 없는 그 모래밭으로 가는 게 행사라는 것이었다. 그곳에 가서 마음껏 상상력을 발휘해보라는 것이었다. 썰물 때 섬으로 가는 길이 드러나는 곳이 우리나라 여러 군데 있다는 사실을 나는 알고 있었다. 그러나 나는 그런 곳에는 실상 그리 흥미를 느끼지 못했다.

풀등은 풀 한 포기 없는 평평한 모래섬이었다. 물때가 어떤지는 몰라도 가장자리에 바닷물이 찰랑거리며 모래밭 전체가 떠 있는 느낌이었다. 멀리 보이는 섬들과의 사이에 바닷물이 둘러 있어서 그곳도 결국은 하나의 섬임을 알 수 있게 해주었다. 모래섬에 내리려면 타고 간 배에서 사다리를 타고 바닷물에 직접 발을 담가야 했다. 사다리가 잔교棧橋, 배다리인 셈이었다. 구두를 벗은 맨발바닥으로 사다리를 밟기란 여간 힘들지 않았다. 어어, 어이쿠, 하며 하나같이 소리들을 내뱉었다. 나는 허리를 잔뜩 낮추고 기다시피 내려와서 뒷사람에게 손을 내밀었다. 그래야만 예의 같았고, 앞에 내린 사람들도 대부분 그렇게들 하고 있었다. 뒷사람이란 다름 아닌 그 여자였다. 어제 인천에서 올 때 뱃전에서 갈매기에게 새우깡을 던져주며 유난히 호들갑을 떨던 모습이 되살아났다.

밀물 때문에 하루에 두 번은 물에 잠겨 있다고 하기에, 게나 조개를 비롯한 여러 생물들이 살고 있으리라는 짐작도 했었다. 그러나 풀 한 포기 없는 모래밭에는 다른 생물들도 눈에 띄지 않았다. 모래밭을 걷는 동안 조개껍데기 몇 개와 죽은 꽃게 한 마리만 보았을 뿐이었다. 곳곳에 작은 물길이 흔적을 남기고 있고, 잔주름이 잡혀 있는 사막이었다. 하지만 하나의 사막 전체가 한눈에 들어온다는 느낌은 특별했다. 모래밭은, 아니 모래섬은 예상보다 넓었다.

나는 일행에 뒤쳐져 걷기 시작했다. 사막을 걷는 느낌을 즐기려는 것이었다. '마음껏 상상력을 발휘해보라'는 주문에 응한다는 게 겨우 이 정도일까. 나는 얄팍한 나 자신이 우습다고 여겨졌다. 그러면서도 내가 걸어본 사막들의 이름에 이곳을 추가해야 될까 보다고 생각했다. 그렇다면 그곳은 내가 아는 사막들 가운데 가장 조그만 사막이 될 터였다. 사막의 가장자리를 둘러싸고 있는 푸른 바다는 바다라기보다 푸른 하늘 같았다. 그러니까 모래섬은 하늘에 떠 있는 둥그런 사막인 셈이었다. 나는 하늘사막의 한가운데에 걸음을 옮겨놓으며 먼 세계를 떠돌고 있다고 생각하려 애썼다.

"풀등의 풀은 뭔가요? 풀은 하나도 없는데."

나는 모래섬의 이름에 대해 선장인 듯싶은 사내에게 물었다.

"여기서는 모래를 풀이라고 합니다."

그러고 보니 섬의 안내지도에 장풀마을이니 안풀마을이니 적혀 있던 지명이 떠올랐다. 사내는 당연하다는 듯 말했다.

"풀이…… 모래라구요?"

나는 놀랐다. 그럴 리가 없지 싶었다. 뭔가 잘못 되어 있다는 느낌이었다. 아무리 그렇기소니 모래가 풀이 될 까닭은 없었다. 얼떨떨하다는 표현 따위로는 수습할 수 없이 너무도 급전직하 벼랑 아래 처박힌 꼴이었다. 해적이나 왜구들의 모습도 어른거렸다. 언젠가는

윤후명
소
설

세상이 거꾸로 되고 말리라는 불길한 도덕감이 늘 머리 한귀퉁이를 따라다니게 되었지만, 이토록 명료하게 나타날 줄은 몰랐다.

"모래가 풀이라면, 그럼 풀은 뭐라고 합니까?"

나는 장난처럼 말투를 만들려고 애썼다. 사내는 정말 못 들었는지 할 말이 없는지 입을 다물고 먼 데를 쳐다보았다. 자칫 말장난이 될까봐 저어하는지도 몰랐다. 그러자 어떤 생각이 내 머리를 회오리바람처럼 한 바퀴를 돌아 내 어지럼증을 가라앉혔다.

모래를 풀이라고 부른다…… 세상이 거꾸로 되고 말리라는 내 생각은 지극히 부정적인 쪽으로의 생각이었다. 그런데 그 '거꾸로'가 이렇게도 나타날 수 있었다. 누군가 나 같은 기우를 가진 사람이 만들어낸 이름이 틀림없었다.

모래＝풀.

간단하게 해결되었다. 걱정은 감쪽같이 사라졌다. 나는 온통 풀이 자라는 사막을 그려보았다. 모래가 풀이었다. '사막의 모래보다 많은 모래'라고 시인은 읊은 적이 있었다. 나는 '풀밭의 풀보다도 많은 풀'이라고 읊고 싶었지만, 그건 시가 되지 않음을 깨달았다. 나는 모래섬에 우거진 많은 풀들 위에 누워 모래를 풀이라고 부른다는 구절이 시가 될 수 있을까를 곰곰 생각해보고 싶었다. 풀, 모래, 풀, 모래, 풀, 모래…… 무슨 마술이란 말인가. 지구의 사막화를 우려하는 비관론은 순식간에 평정되었다. 모래가 풀이라면.

그 순간, 나는 바다가 하늘인 섬에서 한 구具의 눈뜬 미라가 되어 무엇인가를 바라보며 누워 있는 나를 상상해보았다. 내가 미라가 된다는 설정조차도 사실 얄팍한 상상에서 벗어날 수는 없었다. 게다가 세월이 흐른다고 누구든지 그 주검이 미라가 되는 게 아니었다. 사막처럼 건조한 기후에 또 무슨 조건들이 갖춰져야만 썩지 않고 미라가 될 수 있었다.

물 한가운데 남겨져 있는 하나의 온전한 세계. 서양에서 중세까지만 해도 세계는 원반처럼 둥글고 평평한 구조라고 생각하고 있었다는 글을 읽은 기억이 났다. 그 가장자리는 바닷물이 폭포처럼 떨어져 내리는 구조라는 것이었다. 바다 멀리 나갔다가는 폭포 아래로 떨어져서 사라져버리고 만다. 도무지 해결책이 없는 그

구조로 세계를 말했어야 했던 사람들의 한계는 내 것처럼 답답한 것이기도 했다. 그것은 지브롤터 해협이 경계였다. 그 이상 넘어가면 안 된다. 더 이상 무엇으로도 어떻게도 설명할 수 없는 게 우리들 삶이었다. 그 안에서 아직도 헤어나지 못하는 나는, 어디를 가든 거기에 혼자 남겨져 살아간다는 생각을 하곤 외로움에 젖는다. 여행은 내게 그런 설정을 하도록 만드는 장치로서 유효하다. 나는 사막 전체에 홀로 남겨져 살아가야만 한다. 둥그런 사막에 물이 차오르고, 나는 물속에 잠긴다.

그때 물속에도 망루가 있고, 그 위에 올라 세상을 바라보는 내가 그려졌다. 나는 항상 망루를 좋아했다. 단순히 내가 바라본다는 점 때문이 아니었다. 그곳은 다른 눈이 나를 바라볼 수 없는 곳이기도 했다.

한때 섬에서 살고자 한 것은 망루를 염두에 둔 뜻이었던 듯싶었다. '사람들 사이에' 있는 섬은 내게 망루 구실을 하기에 십상이었다. 아무리 환하게 드러나 있어도 섬은 동굴과 같은 안식처였다. 나는 젊은날 거제도에 머물렀던 나날을 돌아보았다. 내가 갇힌 공간은 닫혀 있었고, 시간은 멈춰 있었다. 방파제의 두 등대만이 게눈처럼 두 눈기둥을 곧추세우고 살아 있는 것 같았다. 둥근 내항이 게의 등껍데기 꼴인 셈이었다.

그런데 거제도에 딸린 작은 섬 지심도에서 등대를 본 것은 사실일까, 환각일까. 나는 남녘 섬을 머릿속에 그려보았다. 그 섬등성이에 하얀 등대가 보통 것보다 훨씬 우람하게 서 있었다. 어느 날 그 아래로 간 나는 철망으로 만들어진 문이 열려 있어서 멈칫거리며 기웃거렸다. 등대에 붙여 들인 방에 군인 둘이 모습을 나타냈다.

"보름 만에 여기 오면 그저 편해."

"군 생활도 다 갔네."

오가는 말을 종합해보면 여러 섬들을 돌아가며 등대를 관리하는 게 그들의 군대 생활이었다. 뜻밖이었으나, 외딴 섬의 등대들을 돌아보는 임무는 부러움마저 자아냈다. 나는 그들이 비워두는 동안만이라도 내가 묵을 수 있도록 통사정을 하고 싶었다. 그러나 그러느니 차라리 그들 몰래 잠입해 들어가 있는 방법을 택하는 게 가능성이 크다는 판단이 앞섰다. 드문드문 다니는 배편만 감안하면 될 일이었다. 어느 여자든 그녀와 등대에서 며칠이고 살고 싶었다. 그러나 그 뜻은 이루어지지 않고 나는 섬을 떠났다. 여러 해가 지나서 섬으로 간 나는 예전의 뜻을 돌이키고 등대를 찾아 올라갔다. 하지만 그곳에 등대는 없었다. 등대는커녕 그곳으로 향하는 오솔길마저 찾을 수가 없었다. 어떻게 된 노릇인지 알 길이 없었다. 나는 그 등대를 오랫동안 잊지 않고 있었다. 어쩌다 바닷가에서 등대를 볼라치면 그섬의 등대가 떠올랐다. 아마도 어떤 여자든 만나 며칠이고 살아보겠다는 욕망을 실현하지 못한 때문일 것도 같았다. 등대로 가는 길목마저 찾지 못한 나는 우두커니 서서 담배를 피워 물었다. 아래쪽 비탈진 그늘에는 천남성들이 넓은 잎사귀를 펼쳐 자라고 있었다. 예전에는 못 보던 풀인 듯싶기도 했다. 등대는 애초에 없었던가. 나는 머리를 갸웃거렸다. 막막한 일이었다. 현실이라고 믿었던 풍경이 근거조차 없었다. 모든 게 환상같아서 나는 여자를 구하지 못한 것이 차라리 나앗다고 믿고 싶었다. 모든 게 환상일지라도 여자를 못 구한 사실만은 현실이었다. 그 현실을 천남성이라는 식물이 담보해주고 있는 꼴이었다. 있다고 믿은 등대는 없는데 그 아래 자라는 천남성은 바로 그 꽃을 옆에서 들여다보듯 그린 화가의 그림을 생각나게 했다. 그녀는 환상이 아닌 현실을 세밀하게 그림으로써 환상과 현실의 합일을 그렸단 말인가. 암청색의 꽃잎 한가운데 둥근 막대 같은 꽃술 꼭대기로 끝이 날카롭게 솟은, 혹은 돋은 하얀 철사 같은 것은 무엇일까. 속 꽃잎을 싸고 있는 청록색의 또 다른 꽃잎은? 어떤 사람들이 말하듯 여성 성기의 상징일까? 그렇다면 내가 찾지 못한 등대는 내 삶의 어떤 상징일까?

나는 천남성이 옛날에 사약의 원료로 쓰인 유독식물이라는 말을 들은 이래 나도 모르게 주의 깊게 대하는 구석이 있었다. 게다가 음지식물로서 잎사귀도 고생대쯤의 옛모습을 띠고 있다. 그러니까 그 섬에 서 있다고 상상한 등대는 일찍이, 아득한 시원처럼 먼 시대를 바라보는 내 눈길 속에서만 우뚝한 모습이라고 말할 수밖에 없는 것이겠다. 그러니, 진정 그러니, 내가 동반할 여자를 찾지 못한 것은 당연한 일이겠다.

그런데 이제 한마디로 모래는 풀이 되고 말았다. 나는 풀등의 낙원을 조심스레 걸었다. 사방을 둘러싼 바닷물은 신기루였다. 멀리 파르스름 이내처럼 보이는 속으로 잔영殘影 같은 군상들이 어른거린다. 모래밭 어떤 곳은 마구 삽질을 한 것처럼 움푹움푹 파였고, 어떤 곳은 바람결에 다듬어진 것처럼 매끄럽고, 어떤 곳은 말했다시피 주름이 잡혀 거대한 악어의 등처럼 우툴두툴했다. 사실 보통의 사막이란 그냥 모래밭이 아니라 마른 풀이나마 듬성듬성 검불이 되어 날리고 거죽이 딱딱한 채로 거무튀튀한 맨땅이었다. 바닷물이 둘러싸고 있는 모래 원반이 설치작품처럼 떠 있는 형태. 이제 나는 내 발밑에 밟히는 모래를 부드러운 풀처럼 여기고 있었다. 그곳은 풀등의 낙원이었다.

한 마리 꽃게가 죽어 있었다. 등껍데기를 집어들자 다리들이 축 늘어져서 나는 놀랐다. 죽은 지 그리 오래지는 않아 보였다. 죽어서 떠밀려온 놈인지 밀려와서 죽은 놈인지는 가늠이 되지 않았다. 어찌됐든 놈은 혼자 죽어서 모래 원반 위에 남아 있었다. 게는 게, 모래는 모래, 바다는 바다였다. 나는 늘 바다를 향해 목말라하지만 죽은 게처럼 쓸데없는 추억 투성이로 남겨지곤 했다. 그러나 떠나오면 바다는 원초적인 그리움으로 남는 것이다. 나는 오래 전부터 바다를 위한 문장을 남기려고 애썼다. 가령 다음과 같은 글이 내 노트에 남아 있었다.

바다는 '새앙쥐 같은 눈을 뜨고 있었다'고 읊은 시인이 있었다. 나는 그 시를 '발견'이라는 의미에서 받아들였었다. 시인은 가고, 이제 내 앞에는 무엇인가 참을 수 없는 이야기를 물보라로 치솟게 하는 바다가 있다. 바다는 커다란 용골龍骨을 쳐들고 심연을 노저어 온다. 빛인가 파도인가 하는 순간들이 교차하며 단애에 부딪쳐 깊은 마음을 전한다. 불안한 삶이 더욱 출렁인다.

어디에선가 나타난 빛들이 바다 한가운데로 어둠을 일으킨다. 온통 뒤집히는 마음이 천지를 들쑤신다. 험악한 기억을 헝클어 새로운 탄생을 꿈꾸는가.

빛과 어둠이 물속에서 나와 파도를 탄다. 파도에 마음을 싣는다. 그러니까 그건 파도가 아니라 심연의 빛의 돋을새김이다. 이제 바다는 기억 한 올 한 올을 아로새기며 새로이 탄생한다. 빛의 은린銀鱗들이 어둠에 생명을 불어넣으면, 아득한 생의 마음길에 이를 것이다. 그리하여 눈이 쏟아지듯 바다에 별들이, 꽃들이 뿌린다.

바다를 보러 가서 막상 그 앞에 섰으나 아무 것도 못 본 채 돌아오기 일쑤였다. 형체 없는 무엇을 보기 위해 갔던 길을 바다는 감춰버리곤 했다. 언제나 동動과 정靜 사이에 갈피를 잡을 수 없는 마음이었다. 어느 바다에 사랑을 고백했는지, 하물며 어머니의 유골을 뿌렸는지조차 잊혀지곤 했다. 그러나 바다의 길을 찾는 발길을 멈출 수는 없었다. 그곳에서 존재의 근원을 찾아 헤매고 싶었다. 시간이 몹시 흘렀고 모든 게 변했어도 설레는 발걸음은 그곳으로 향한다. 그곳 어디에 감춰졌는지 알 길 없이 아득한 삶이 있다고 믿기 때문이다. 그 삶의 뼈가 드러나는 순간을 보여주기 위해 저 바다는 지금 속수무책으로 뒤척인다.

바다로 간다는 건 여행의 끝이었다. 그것은 섬으로 마무리되고, 섬은 점과 같이 남는다. 그리곤 사막의 시작이었다. 풀둥이라는 이름의 사막이 나를 에워싸고 있었다. 사막의 여행자들을 위한 여인숙인 캐러밴사라이가 어디엔가 있지 않을까. 나는 엉뚱한 상상에 사로잡혔다. 흙벽돌로 지은 옛 캐러밴사라이의 유적을 사진으로 보았을 때, 나는 이란의 이스파한 근처 그곳에서 하룻밤을 묵어가는 나를 그려보았었다. 나는 어디로 가고 있었던가. 모를 일이었다. 중앙아시아의 어디선가 빵집에 들러 영어 신문 「캐러밴」의 낱장에 싸주는 빵을 고이 들고와서 저녁을 먹었던 기억이 새로웠다. 그것만으로 이미 나 자신 캐러밴의 일원이 되어 있었다. 빵은 그곳에서는 '난'이라고 했다. 캐러밴사라이의 뒷방일지라도 내가 다음날 어디로 갈지 모르고 지평선을 내다본다는 점에서 망루였다.

"어머, 게를 잡으셨어요?"

누군가가 내게 물었다. 같이 배를 타고 왔으며, 내가 손을 내밀어 붙들어준 여자였다.

"아뇨. 여기 죽어 있군요."

나는 그제서야 게를 모래 위에 내려놓았다. 여자에게 죽은 게를 보여준 것이 내 잘못 같았다. 그러고 보니 인천 연안부두에서 레인보우호를 타고 올 때부터 뒤따라오는 갈매기들에게 새우깡을 던지며 유난히 이리저리 뛰던 여자였다. 그런데 처음 보았을 때부터 나는 그녀를 어디선가 본 적이 있는 여자가 아닌가 여겼었다. 도저히 터무니없는 추측일 것이었다. '어디선가 본 적이 있다'는 이 추측이란 터무니없는 도취감의 산물이라고 나는 이미 일찍이 단정했었다. 그녀에게 아는 척을 했다간 게에게 또 무엇을 먹이겠다고 호들갑을 떨지 모를 일이었다. 그런 점에서 게의 죽음은 다행스럽기도 하다는 생각이 들었다. 그렇지만 나는 얼마동안 여자와 어색하게 나란히 걷지 않으면 안 되었다. 나는 내 어색해하고 있는 마음이 여자에게 전해질까봐 신경이 쓰였다. 아무런 잔신경 안 쓰이는 곳에 홀로 살고 싶었던 게 이래서였구나, 나는 새삼 알았다. 나란히 걷게 된 이상 하는수없이 이런저런 이야기를 나누게 되자, 여자는 자기 취미는 들꽃을 가꾸는 거라고, 들꽃도 개량종이 없는 우리 본래의 것들을 모으는 게 원칙이라고 했다. 사랑도 개량된 것 같아 이젠 못해요. 수구 꼴통이에요, 저는.

달리 갈 곳도 마땅찮은 여자는 몇 발짝 멀어졌다가 다시 가까워졌다가 하면서, 우리는 모래밭의 원반을 둥글게 돌고 있는 형국이었다. '무언의 원무'라는 용어가 생각나는 장면이었다. 무용에 그런 용어가 있을 까닭이 없었다. 무용에는 언어가 필요없었다. 몸의 움직임이 즉 언어였다. 그런데 '무언의 원무'라니, 우스꽝스러웠다. 하지만 우리의 걸음걸이에는 필히 '무언'이 붙여져야 했다. 그렇지 않으면 불편해서 견딜 재간이 없는 발걸음이었다. 게다가 우리는 풀등에 내릴 때부터 맨발이었다. 선착장이 없이 배에서 바닷물로 직접 내리게 되어 있어서 구두를 벗지 않을 도리가 없었다. 모래밭에는 제격이기도 했다. 토슈즈를 안 신어서 유명해진 무용가가 누구였더라? 캘 필요도 없이 더욱 우스꽝스러운 노릇이었다. 원무도 원무지만, 말도 안 되는 '무언의 원무'는 한참동안 내 머리에서 지워지지 않았다.

초록색 등대를 본 것은 돌아오는 뱃길에서였다. 등대는 포구에서 바라보이는 바위 위에 서 있었다. 초록색 등대는 처음 보는 것이었다. 등대는 보통 빨간색이거나 하얀색으로 항구의 방파제 끝에 서 있었다. 우체통이 빨간 것처럼 아마도 법령에 의해 정해놓은 색깔이리라 짐작해왔다. 초록색 우체통은 어디서든 본 적이 없었다. 그런데 바다기슭에서 얼마쯤 떨어진 바위 위에 서 있는 초록색 등대. 어쩌면 본디 초록색이던 것이 빨간색으로 칠하도록 변경된 뒤에도 그냥 남아 있나 싶기도 했다. 그러나 그 초록색은 새로 칠한 게 분명하게 밝았다.

"저기에 초록색 등대가 있었네요."

나는 자못 놀라서 옆에 서 있는 남자에게 말했다. 놀라움을 감추고, 그저 일상적인 질문처럼 말투를 꾸민다는 건 쉬운 노릇이 아니었다.

"예?"

남자는 무슨 말인가 두리번거렸다. 내가 그의 반응을 기대한 것은 아니었다. 나 자신 초록색 등대를 처음 보았음을 상기하는 말이었다. 실상 아까는 못 보았던 듯도 싶었다. 돌아오는 뱃길이 아까와는 다르게 여겨지기도 했다.

"초록색 등대 말이에요."

남자의 시선도 등대에 머물렀다.

"등대란 빨간색이나 하얀색 아닙니까?"

"그렇습니까?"

남자는 처음 아는 사실인 모양이었다. 그때 나는 풀을 모래라고 부르는 세상에 내가 살고 있을 수도 있다고 느꼈고, 비로소 살아 있음이라는 것이 전율처럼 전해져왔다. 그리고 초록색 등대야말로 여기서부터 풀을 모래라고 부르는 세상임을 알리는 표상 같았다. 바닷물이 부딪쳐 하얀 포말을 일으키는 표상은 우뚝 서서 그 뒤에 펼쳐진 또 하나의 세상을 보여주고 싶어 하는 듯했다. 등대는 등대가 아니었다. 성채의 높은 망루였다. 그 성채 위를 새들이 날아오르고 있었다.

새는

새날을

날아오른다

내 노트에 적혀 있는 글이었다. 이것도 시였던가? '새'와 '날'의 맞물림을 갖다 쓴 말놀이라고 해도 어쩔 수 없었다. 금언투나 경구투의 멋진 구절을 시라고 우기는 사람이 되어서는 안 되겠다고, 내 시인됨을 낮추어야 한다는 내 도덕률에 저촉될까봐 걱정하던 날들의 기록이었다.

어쨌든 초록색 등대의 망루에서 날아오른다는 새들은 새로운 깃발의 뜻을 지녔다. 그리고 나는 그 망루에 올라 있었다. 오래 전부터 망루라는 말 자체를 좋아하기 시작했을 무렵, 어디에서 읽었는지 '다마섹의 망루'라는 구절을 접했었다. 아마도 기독교 『성경』일 텐데 '구약'인지 '신약'인지는 아리송했다. 다마섹은 다마쿠스, 시리아의 수도인 다마쿠스를 말한다고 했다. 옛날 그곳의 바닷가에 서 있던 높은 망루. 그것이 어떤 문맥에 어떻게 쓰였는지는 기억할 수 없어도, 읽는 순간 내 머리에 세워진 하나의 망루는 지금껏 사라지지 않고 높다랗게 남아 있다.

아니, 말 자체를 떠나 망루 자체를 좋아했다. 말했다시피 그곳은 숨기기에도 적합하고 내다보기에도 적합한 곳이었다. 아무런 간섭을 안 받고 자유롭게 관찰할 수 있는 특권이 주어진 곳이었다. 술집에서도 구석진 자리를 찾아드는 습성은 그 때문이었다. 그럴 때 나는 무엇엔가 겁을 집어먹고 숨어서 살피는 부류의 인간인지도 몰랐다. 그러나 거기에는 자기 자신마저도 그렇게 살펴야 한다는 믿음이 있었다고 말해야 한다. 나는 버려진 망루를 보면 탐을 냈다. 그곳을 어떻게 내 공간으로 차지해서 무엇인가 하고 싶었다. 버려진 망루라고 하면 멋진 모습을 연상케 하지만 그런 것은 결코 아니다. 어느 회사에서 자재를 쌓아놓고 있다가 철수한 땅 한귀퉁이에도 버려진 망루가 있었는데, 안산에 살 때는 그런 곳이 종종 눈에 띄었다. 회사가 어디로 옮겨갔다기보다 망한 결과일 것이었다. 그 공간에서 나는 무엇을 하고 싶었을까. 자재 야적장의 망루뿐이 아니었다. 담배 재배지의 담배막도 나를 유혹하기에 충분했다.

초록색 등대를 본 순간에도 나는 그곳을 내 공간으로 차지하고 싶었다. 그곳에서 글을 쓰고 싶었는지 그림을 그리고 싶었는지 사랑을 하고 싶었는지 혹은 다른 무엇을 하고 싶었는지는 전혀 모를 일이었다. 오래 전에 등대를 보았고, 다시 그 등대를 찾다가 못 찾은 기억이 겹쳐지면서 어떤 여자와 단 며칠이라도 살고 싶은 욕망이 되살아났는지도 모른다.

그러나 이번에 확실한 건 망루였다. 현실과 환상이 뒤섞여 모든 걸 뒤죽박죽으로 만들면 곤란했다. 속아서는 안 된다. 역시, 숨기기에 적합하면서도 반면에 관찰하기에도 적합한 공간. 게다가 다른 등대들과는 달리 초록색이었다. 초록색이 없는 세상을 나는 그려볼 수 없었다. 사막이 아름다운 것은 어딘가에 오아시스를 숨기고 있기 때문이라는 멋진 말이 있는데, 그 또한 초록색에 대한 믿음을 말하고 있었다. 초록색은 생명이기도 했다.

풀은 초록색이며, 이 세상 모래들의 반대되는 색깔이었다. 그런데 나는 모래를 풀이라고 하는 섬마을에 있는 것이었다. 또다시 모든 걸 종잡을 수 없었다.

"풀을 모래라고 하면 모래는 뭐라고 하지요?"

나는 같은 내용의 질문을 또 던졌다.

"모래는 모래라고 하지요."

대답해주는 사람마다 나를 이상하다고 여기는 듯했다. 뭐가 그리 어렵냐는 표정이었다.

"으음."

나는 신음소리를 삼켰다. 내 물음 자체가 도무지 씨알이 먹히지를 않았다. 풀도 모래, 모래도 모래. 풀 한 포기 없는 모래밭에서, 모래가 풀이기를 바라는 심사가 얼마나 간절했으면 그랬을까 싶기도 했다. 일찍이 해적이나 왜구 무리의 염원? 그러나 그럴 터수는 어디에도 없었다.

모래밭에 거니는 동안 물속에도 망루가 있다고 말했던가? 나는 물고기처럼 입을 뻐끔거리며 긴 밤을 지샌다. 그러다가 어디론가 걸음을 옮긴다. 물속은 뜻밖에 안온하다. 어머니의 자궁 안이 그럴 것처럼 여겨진다. 가끔 물 위로 얼굴을 드는 나는 게처럼 두 눈기둥을 세운다. 내 눈은 잠망경이 되어 멀리 초록색 등대를 잡아낸다. 등대는 바다 위에 떠 있다.

"어디선가 또 본 것 같아요. 거제돈가 통영인가."

꽃게를 말하며 가까이 왔던 여자가 거들었다.

"뭐가요?"

"초록색 등대 말이에요."

여자의 입에서 초록색 등대가 나오리라고는 예상하지 못한 바였다. 나는 여자의 말을 받아들이고 싶지 않았다. 건성으로 하는 말에 지나지 않을 것이었다. 나는 내가 게눈을 통해 바라보는 등대가 세상에 하나밖에 없는 초록색 등대이기를 바란다. 나는 내가 겪는 이 세상이 오직 하나밖에 없는 나만의 것이기를 얼마나 바랐던가. 사랑에 대해서도 마찬가지로 나는 이기주의였다. 사랑한다고 말하지만, 실은 지배욕이자 권력욕이에요. 누군가 지적해주었다. 그럼, 도대체 어쩌란 말인가요? 나는 항변했다. 답변이 필요 없는 말이었다.

나는 초록색 등대가 내 사랑의 다른 표상 같다고 느낀다. 그러고 보니 여자가 말한 대로 초록색 등대를 다른 데서도 본 적이 있기는 했다는 생각이 들었다. 하지만 많은 경험을 지나온 나이에는 그것이 실제의 일인지 기시감 때문인지 가리지 못하게 눈을 흐려놓는다. 아무래도 상관없다는 뜻일 것이다. 그 대신 젊었을 때는 술 때문에 뒤죽박죽이 된 일이 한두 번이었던가. 젠장, 젠장, 아아, 하면서 죽음까지도 기웃거린 적이 한두 번이었던가. 기시감의 다른 말은 없는 것일까. 언젠가 본 느낌이 든다는 까닭으로 누군가 사랑에 빠진다면 이보다 더 중요한 일은 없을 것이다.

　얼마 전에 일본으로 관광을 가서였다. 후지산 중턱의 호텔에서 하룻밤을 묵고 나서 산길을 걸어 올라갔다가 내려오는 게 마지막 일정이었다. 호텔에 도착해서부터 나는 기시감에 시달렸다. 언젠가 와본 적이 있는 느낌. 나는 호텔 밖으로 나와 옆의 수퍼에서 담배를 샀다. 작은 구름다리. 산으로 오르는 아스팔트 길. 마지막 날 산길을 오르면서 나무들의 사진도 찍었다. 산길의 끝에는 온천의 끓는 물에 삶았다는 달걀을 팔았다. 나는 반 봉지를 샀다. 그리고 내려와서 기념품점에서 올빼미 모양의 나무 온도계도 샀다. 어서 타세요. 떠납니다. 그때 버스로 달려가며 나는 알았다. 이것은 기시감이 아니다. 언젠가 이와 똑같은 여행을 실제로 했었다. 나는 놀라지 않을 수 없었다. 아, 그랬었구나. 나를 깨닫게 한 것은 올빼미 온도계라는 생각이 들었다. 아니, 이것은 현실이 아니라 느낌일 뿐이라고 나를 달랜 무엇이 더 문제였음을 나는 알았다. 그것은 느낌이 아니었다. 현실 그대로였다. 지난 저녁부터 내가 겪은 일은 예전하고 똑같았다. 작은 폭포 호텔. 수퍼에서 산 담배. 산길에 찍은 사진의 나무들. 달걀 반 봉지. 올빼미 온도계. 어서 타세요. 떠납니다. 놀라움과 함께 순간적으로 맥이 빠졌다.

그렇다면 언젠가 술 많이 마시고 어떤 여자와 키스했다고 믿은 그것은 사실이었을까. 술자리에서 옆 동료의 눈치를 슬쩍 보아 나눈 키스였다. 하지만 사실을 확인할 길은 없었다. 기시감은 희망 사항과 연결되는 것일까. 모든 게 오리무중이었다. 오리무중이 무슨 뜻인지도 오리무중이었다.

게눈으로 초록색 등대를 보는 나는 옛일을 회상한다. 옛일이 사실이 아니어도 이제는 어쩔 수 없다. 내 마음이 사실이라고 믿으면 그것을 품고 살아가야 한다. 초록색 등대라면 초록색 등대가 틀림없다. 내가 초록색 등대 안으로 들어가면 그 안에 나만의 세계가 나니아 연대기처럼 펼쳐질 뿐이다. 그것이 망루의 의미인 것이다. 나는 고향 동네의 소방서 망루를 기억하고 있었다. 곧 헐려버릴 운명이라고 했다. 오래 전 전쟁 때 그 망루 밑을 오가며 어린 나는 도무지 알 수 없는 시절을 겪었다. 그런데 망루는 다시 소금창고의 모습을 띤다. 서해안의 소금창고 주위를 떠돌던 날들이 있었다. 삶은 고달팠고, 술은 깊었다. 나는 소금창고 안에 내 살을 저며 저장하듯이 아픈 날들을 견뎌야 했다. 그러나 살은 저며졌어도 상하지는 않을 것이라고 위안 아닌 위안을 하게 해준 소금창고였다. 소방서 망루와 소금창고 지붕, 그 사이의 시간이 등대 아래 포말처럼 하얗게 부서져 날린다.

초록색 등대는 초록색 몸을 가진 타라보살처럼도 보인다. 아니, 타라가 아니라 따라라고 발음해야 한다고 어느날 친구가 가르쳐주었다. 따라와 우리말 딸이 연관되어 있다는 것이었다. 산스크리트 말과 우리말의 관계를 이야기하는 도중에 나온 주장이었다. 따라보살의 초록색 몸은 이 세상의 고통과 아픔으로 물들었기 때문이다. 그린green 따라의 뜻이지. 그래서 공포가 나타난다고 그는 말하고 있는 듯했지만, 나는 공포에 대해서는 받아들이지 않았다. 공포 대신 자비를 말해야 하지 않을까 하면서 타라, 따라, 딸 하고 우물거리며 내 딸들을 연상했다. 딸들은 어디론가 떠나 나름대로 살아가고 있었다. 어느 날 딸들이 꿈에 신기루 속 풍경처럼 나타나기도 했다. 그러나 그것은 실체가 없는 일러스트일 뿐이었다. 나 역시 나름대로 살다가 떠나가야 할 것이었다.

여자와 나는 같은 배를 타고 왔다는 사실로 같은 운명에 놓인 관계였다. 모래섬을 둘이서 걸었던 시간은 거북하기는 해도 그곳이 무인도이며 모래섬이라는 점에서 우리는 같은 부류일 수밖에 없었다. 모래섬을 걷는 시간만큼은 내 손을 잡고 내린 운명 안에 살고 있다는 엉뚱한 생각. 우리는 어차피 같은 배로 돌아가지 않으면 안 된다. 나는 여자를 곁눈질해 쳐다보았다. 모래섬에서 여자가 뒤로 돌아서서 걷기를 하고 있는 광경이 되살아났다. 그 모습조차 '호들갑떤다'고 할 수 있었겠지만, 갈매기에게 과자를 던지던 때의 모습은 어디에도 없었다. 모래가 풀이 되는 섬이 그렇게 만들어 놓은 모양이라는 생각이 들었었다.

낯선 섬에 닿을 때마다 나는 이곳에서 내 말이 통할까 하고 긴장되곤 했다. 모래섬은 아무도 살지 않는, 살지 못하는 무인도이므로 그 점은 안심이었다. 아니, 나와 말을 나눈 고마운 여자가 있는 섬이었다. 더욱 안심이었다. 나 역시 아까부터 뒤로 걷기를 하고 싶은 심정이었다. 그러나 여자를 따라 한다는 혐의가 마음에 걸렸다. 프랑스의 어떤 시에 '자기가 간 발자취를 보려고 사막에서 뒤로 걸었다'는 구절이 있었다는 생각이 들었다. 모래밭을 길게 뻗어 있는 발자국은 자기의 발자취였다. 자기의 발자취를 본다는 게 그럴 만한 일인지 아닌지는 따질 바가 아니었다. 여자는 마치 누구에게 보여주기라도 하려는 듯 여전히 뒤로 걷기를 계속하고 있었다. 어느 순간, 그 발자국이 미투리를 신고 있다는 생각이 들었다. 짚신이 아니라 결이 고운 미투리인 것은 아무래도 모래결 때문일 것이었다. 여자는 미투리를 신고 어디론가 가고 있었다.

언젠가 안동 어디에선가 발견된 미투리가 신문과 텔레비전을 장식한 적이 있었다. 무덤을 옮기다가 발견된 것이었다. 남편의 머리맡에 있던 그것은 처음에는 무엇인지조차 파악되지 않았지만 겉을 싸고 있던 한지를 찬찬히 벗겨 내자 미투리임이 밝혀졌다. 조선시대에는 관 속에 신발을 따로 넣는 경우가 드문데다 미투리를 삼은 재료에 대한 궁금증이 더해져 의견이 분분했다. 검사 결과 미투리의 재료는 머리카락으로 확인되었다. 왜 머리카락으로 미투리를 삼았는지 그 까닭은 신발을 싸고 있던 한지에서 밝혀졌다. 한지는 많이 훼손되어 글을 드문드문 읽을 수 있었다.

'내 머리 버혀……' 미투리를 만들었으나, 결국 신어

보지도 못하고 당신은 세상을 떠났다는 한글 편지였다. 병석에 있던 남편이 건강을 되찾아 신게 되기를 바라는 간절한 마음으로 머리를 풀어 미투리를 삼았다는 것이었다. 그럼에도 불구하고 남편이 죽자 그녀는 편지를 써서 미투리와 함께 묻은 것이다. 장례식을 올리며 경황 중에 쓴 것으로 보이는 이 편지는 꿈속에서라도 다시 보기를 바란다는 내용을 담고 있었다. 아내는 지아비에 대한 절절한 그리움으로 하고픈 말을 다 끝내지 못하고 종이가 다하자 모서리를 돌려 써내려가다가 다 채우고도 사연이 끝나지 않아 다시 처음으로 돌아와 거꾸로 적었는데, 사랑하는 이를 잃은 슬픔이 더욱 절절하게 전해졌다.

만남이란 즉 헤어짐의 과정일 뿐이란 말인가. 다시 말해서 삶이란 죽음의 과정일 뿐이란 말인가. 둥그런 모래밭을 가고 있는 미투리는 두 과정이 결코 둘이 아니라 하나의 과정임을 말해주려는 것 같았다. 그러자 모래를 풀이라고 부르는 것도 어떤 두 과정이 하나가 되면서 일어난 현상 아닌가 싶었다. 말이 통하지 않는 어느 먼 나라에 도착했을 때, 외로움이 웬지 달콤하게 다가와서 살결이 떨린 경험이 되살아났다. 도대체 왜?

아무것도 납득할 수 없는 현상이었다. 그러면서 나는 모래밭을 가고 있는 어떤 미투리를 보고 있는 것이었다.

"아까부터 왜 제 다리를 보고 계세요?"

여자가 어느 틈에 다가와 물었다.

"아, 그랬던가요? 난 이 섬에 양들을 가득 풀어놓고 싶어요."

"양들을요?"

"예."

"그게 무슨 말이에요?"

"말 그대로지요. 아니면 초록색 양들……."

양은 풀을 뜯어먹고 자라는 대표적인 동물일 뿐이었다. 말을 하는 순간, 나는 내가 양 대신에 여자라는 말을 생각하고 있음을 알았다. 모래섬 가득 알몸의 여자들이 있는 풍경. 어느 잡지에선가 벗은 여자들을 이리저리, 혹은 나란히 세우거나 앉혀놓은 설치작품을 본 적이 있었다. 그걸 옮겨놓는 평범한 발상에 지나지 않았다. 설치를 하는 미술가들에게 나는 주눅이 들기 십 상이었다. 가령 한 설치작가는 미국 대륙을 횡단하는 열차 전체에 흰 천을 씌워서 달리게 한 적도 있었다.

인사동에서 만난 그는 또 '월인천강지곡'을 작품화하려고 전세계 천 개의 강물 사진을 찍고 있다고도 했다. 도무지 못 말릴 규모의 상상이었다. 그런데 겨우 모래밭에 양들을? 상상이라고도 할 수 없는 초라한 짓거리였다. 그러나 그것이 양이든 여자든 초록색이라는 알몸이라는 데는…… 나는 내 상상에 어지러웠다.

해가 머리 위로 올라온 한낮의 모래밭은 해시계처럼 보였다. 나는 거대한 해시계 위에서 내 그림자로 시간을 알리고 있었다. 그러면서 기하학자가 된 기분이었다. 삼각형의 두 변의 합은 한 변보다 길다. 삼각형의 내각의 합은 180도이다. 피타고라스 정리. 굉장한 진리라고 배우는 이것이 왜 굉장한지 알 길이 없었던 것처럼 어리둥절 고등학교를 졸업한 채 대학에 올라가 여전히 어리둥절 지난 세월. 그러는 동안 나이를 먹고 말았다. 내 인생의 해시계는 지금 몇 시를 알리고 있을까.

배는 초록색 등대를 저만치 뒤로 하고 포구로 향했다. 등대는 탑처럼 서 있다. 웬지 전혀 어울리지 않는 풍경이었다. 어쩌면 일부러 눈을 홀리려고 누군가 장난을 친 것인지도 모른다고 여겨질 정도였다. 더군다나 초록색이야말로 이 세상에는 없는 초록색임에 틀림없었다. 낯선 여행지에서 아침을 맞아 처음 커튼을 젖혔을 때 창문 가득 다가온 풍경이 저렇다면 나는 놀라움으로 벅수같이 굳어지고 말았을 것이다. 등대 역시 동네 입구에 장승처럼 서 있는 벅수를 닮아 있었다. 그러나 또 한편, 벅수는 어딘지 사랑을 고백하려는 듯한 얼굴들을 하고 있지 않은가.

벅수는 나의 소꿉친구
육이오 때 죽어 잠든 여인

나는 며칠 전에 쓴 시를 떠올렸다. 벅수와 소꿉친구와 육이오와 여인의 낱말 조합은 어렵게 내게 다가온 것이었다. 아니, 벅수란 것 자체를 아는 사람이 몇이나 되겠는가고 자조해야 마땅했다. 그런데도 나는 벅수를 내 오랜 애인으로 보게 되기까지 기다리고 기다린 결과를 얻어서 모처럼 기뻤다. 그 점에서 나는 시인인 것이다. 이렇게 말하니까 그림을 처음 배우면서의 일도 곁들이지 않을 수 없겠다. 그것은 붓질 몇 번이면 사물의 형태가 드러나는 이 예술이야말로 얼마나 경이로운

가를 배운 게 무엇보다도 큰 소득이라고 흐뭇해했었다는 사실을 전제로 한다. 그 뿌듯함은 꽤 오래 지속되었다. 그러나 화가들의 전기를 읽다가 누군가 바로 그 사실에 구역질이 난다고 말했다는 데에 이르고 말았다. 처음 오른 산이라고 여겼으나 실은 기시감에 속아 똑같은 행위를 거듭했던 어리석음보다도 더욱 나를 초라하게 하는 결과였다. 내가 소득이라고 흐뭇해한 것에 구역질을 내는 사람이 있었다. 나는 서둘러 책을 덮고 말았다. 그 화가가 누구였더라. 책을 덮고 먹먹해 있다가 다시 펼쳐 확인해보려 했으나 쉽게 찾을 수가 없었다. 그게 누구였든 문제가 아니었다. 또 한 번의 숙제를 안은 것이었다.

나는 초록색 등대에 그 비밀들을 기록한 문서들을 보관해둔다는 상상에 빠져들었다. 알렉산드리아의 도서관 옆에 서 있던 거대한 등대. 고대의 불가사의 중 하나. 하지만 누군가 초록색 등대의 문을 열고 들어간다 한들 눈에 띄는 것은 거미줄 쳐진 빈 공간뿐이리라. 아니, 등대 안에는 예전에 만난 모든 사람들과의 비밀들이 간직되어 있다. 패佩, 경鏡, 옥玉 이름의 소녀들, 하河, 익翼, 한漢, 이름의 소년들, 아버지와 어머니, 사막까지 협궤열차를 타고 멀어져간 여인들, 모두. 사막의 벅수들은 어디로 가고 양 한두 마리를 끌고 산 넘어 집으로 돌아가는 사내. 모두들 초록색 등대 속의 풍경이었다. 그러므로 초록색 등대의 탑 속에는 또 다른 풀등의 사막이 펼쳐지리라. 그리고 모든 비밀들은 신기루 속에 숨겨지리라.

신기루 속의 망루에서 나는 나도 모를 무슨 상상의 연대기 같은 내 기록들을 읽는다. '꽃은 너무 작아서 보는 데 시간이 걸린다'고 한 천남성 화가의 평범한 말을 지나, 내 기록들의 글씨는 너무 작은 나머지 나를 비롯해서 어느 누구도 읽을 수 없을까봐 조바심이 난다. 화가가 단숨에 나타나는 형체에 반발하여 어렵게 도달하려 한 궁극은 무엇이었을까. 초록색은 내게 의문을 던졌다. 이 물음은 이를테면 내가 원하는 공간은 어떤 공간이었을까 하는 의문으로 이어진다.

"인천에 가서 무슨 계획이 있으세요?"

여자는 배 위에서도 맨발이었다.

"몰라요."

내 상상 속에 잠겨 있던 나는 퉁명스럽게 받았다.

"양들을 파는 시장을 아세요?"

나는 놀랐다. 내가 했던 말을 이어가고 있어서이기도 했지만, 무엇보다도 이제까지와는 다른 모습이기 때문이었다. 나는 양치기 여인 같은 여자를 한국 땅에서는 처음 만난 것이었다.

"앞으로 얼마쯤 세월이 지나면…… 바다에서 물고기들이 사라질지도 모른답니다. 우리 식탁에서 물고기들을 못 볼……"

나는 당황해서 엉뚱하게 며칠 전 읽은 신문기사를 되풀이하고 있었다. 하지만 나는 어느새 아무 것도 살고 있지 않은 바다를 상상했다.

"그 대신 양들이 있잖아요."

여자는 양의 나라에서 온 것일까. 나는 양들을 파는 시장을 알고 있었다. 그녀의 말에 의해 순식간에 그곳으로 가 있는 내가 돌아보여졌다. 중앙아시아의 가축시장 수많은 양들 옆에서 양고기 만두를 먹었었지. 나 자신 이상한 풍경의 일부가 되어서. 초록색 등대가 서 있는 바위에 밀려와 부딪치는 하얀 파도 하나하나도 중앙아시아 어디에서 몰려온 양들 모습 같았다. 양들이 무리지어 바다를 헤엄치며 초록색 등대에 북슬북슬 흰 털을 부벼댔다. 양을 입밖에 꺼내 섣불리 설치미술

같은 이야기를 한 것은 나였다. 그러나 나는 즉흥적이었을 뿐이었다. 실천력이 뒷받침되지 않아 늘 한숨을 짓는 나를 여자는 꾸짖고 있었다. 여자의 얼굴이 양을 닮아 있었다. 갈매기에게 과자를 던지던 때부터 풀등의 모래밭에서 지금까지 여자는 양으로 변하는 과정을 충실히 거쳐온 듯했다.

"어쩌면 그렇게 양처럼 말합니까."

"동생이 홍대 앞에서 인디밴드를 해요. 공연 때 양 마스크를 쓰기도 한답니다."

"양 마스크를 쓰고?"

"나중에 그걸 보러가요. 요즘 젊은애들."

여자가 살짝 미소를 지었다. 여자의 말이 어떻든 양 마스크는 흥미로웠다. 내 기록들의 마모된 획을 복원해 읽으려면 과연 마스크를 쓰는 작업도 필요하리라. 예쁜 아가씨들을 그릴 수도 있지만, 다 그리고 나면 언제나 그들은 거기에 있지 않고 오직 그들의 어머니들만 있을 뿐이라는 화가의 말처럼 내 기록들도 원형을 찾기 어려우리라. 인생도 사랑도 그러하리라.

"양들을?"

"저는 빨래감도 가져와야 해요. 밑반찬도 갖다주고

요."

　국립박물관의 이집트 전시회에서 투탄카멘왕의 황금
마스크를 보았다. 어린 나이에, 아마도 살해된 듯하다
는 소년왕은 화려한 마스크를 쓰고 누워 있었다. 죽어
서도 영생을 누린다는 내세관은 이집트에만 있었던 게
아니었다. 변하지 않는 금속인 황금으로 만든 마스크
는 영생을 나타낸다고 했다.

　초록색 등대 안으로 들어가면 마스크를 쓴 누군가가
맞이해줄 것이다. 그리고 바다 속으로 안내하여 망루
를 오른다. 아득한 바다의 심연에 내 지나온 발자국들
이 미투리를 삼고 있다. 바다에 물고기는 물론이고 아
무 것도 살지 않는 미래의 어느날에도 마스크는 기다
린다. 우리가 살아온 날들을 모아 축약시켜 만든 모습
이다. 기다림이며 그리움이며 외로움 따위의 감정을
녹여 만든 밀랍 마스크. 우리는 그걸 남기려고 아직까
지 살아왔는지 모른다. 그래야만 인천에서 레인보우호
를 타고 초록색 등대로 온 까닭이 밝혀진다.

　"그럼, 양들을 보러 갑시다."

　나는 순순히 응한다. 내가 그들을 보러 가기로 결정
한 순간, 그들은 정말 양떼가 되어 나타난다. 흰 양떼가 아닌 초록색 양떼. 홍대 앞의 어느 골목 카페에 인도 까탁춤을 보러 간 적도 있었고, 연극을 보러 간 적도 있었다. '노름마치'의 구음口音을 들은 저녁도, 강허달림의 리듬 앤 블루스를 들은 저녁도 있었다. 상상마당이라는 곳에 가서 어느 탈북자 화가의 전시회를 보기도 했다. '세상에 부럼 없어라' 하는 구호 옆에 담장 너머 쏠린 호기심을 나타낸 북한 어린이 남녀를 그린 그림이었다. 빨간 스카프 뒤의 글자는 '부러움'이 아니라 '부럼'이었다. 이제는 양들을 보러 갈 차례였다. 어디든 내가 원하는 공간이라면 상관없었다. 그녀와 함께 당장 오늘 저녁이라도 상관없었다. 그러자 나는 내가 어떤 식으로든 그녀를 원한다는 생각이 들었다. 어린 내가 망루 밑을 오갈 때 내 소꿉친구였던 그 여자애를 만나고 싶었다. 죽은 게가 살아나기를 비는 것만큼 무모할지 모른다? 아니었다. 초록색 신기루 속의 모습을 현실로 옮겨놓고 싶은 마음이었다. 천남성의 독毒을 빌리면 가능할 것인가. 온몸이 초록색 등대가 되었다가 소금창고로 변한 시간 속에 소꿉친구가 살아 돌아오기를 비는 기도의 마음. 모래가 풀이 되는 염원. 외로움이 두려움이 되고 괴로움이 되어 꽁꽁 얼어붙은 내가 소금창고 안에 내 살을 저며 보관했듯이 소꿉친구도 그녀의 살을 그랬을 것이다. 전쟁통에 죽었지만, 그랬을 것이다. 모든 게 초록색 등대의 마법인 것일까. 마법 속에서 살아난 소꿉친구가 또한 그녀로 변하면서 나는 알 수 없는 공간에 떠 있었다.

나는 나만의 초록색 등대를 세우고 싶다. 망루를 세우고 싶다. 초록색 등대를 얻기 위해서는 먼저 온몸, 온맘에 초록색을 가득 채우지 않으면 안 된다. 알 수 없는 열망이 내 속에 가득했다. 열망이 초록색임을 나는 처음 알았다.

등대 불빛에 양들이 풀을 뜯는다. 풀은 모래다. 양들이 모래를 먹는다. 나 자신 초록색 등대 안으로 들어가 어디론가 이 세상의 마지막 머나먼 섬으로 빛처럼 떠나고 싶다. 바다를 향한 뜻을 담고, 모래가 풀이 되는 환생還生 속에, 게눈이 등대로 밝아지는 마법을 담고. 그리하여 초록색 신기루는 살아난다. 그것이야말로 소금창고 안에 저며놓은 제 살을 만나는 길일 것이다. 마침내 나는 그 섬에서, 그 섬의 망루에서 내 모습과 이 세상을 언제까지나 비춰볼 것이다. 아득한 캐러밴사라이에 새들이 날아오르고 은성한 등불이 밝혀진다.

배가 육지에 닿으면 즉시 그녀를 초록색 양처럼 이끌고 어디론가 사막으로 가리라 하니, 온몸에 소름이 돋도록 안달이 났다. ⚘

윤
대
녕

[사ㅏ라ㅏㅇㅇㅡㅣ바ㅏㅇ버ㅓㅂ]

이
렇
게

읽
었
다

풀등에 망루를 세우다

　윤후명 선생의 「사랑의 방법」을 읽다 보면 너무나 익숙해서 차라리 사무친 단어들이 곳곳에 박혀 있거나 흩어져 있다. 배, 섬, 사막, 미라, 소금창고…… 이 낱말들은 곧바로 또다른 말들을 불러온다. 격렬비열도, 둔황, 로울란, 란, 돌사자, 안산, 협궤열차, 염전…… 이 곡두와도 같은 낱말들이 이번 소설에서는 '등대' 혹은 '망루'로 바닷게의 무리처럼 모여들고 있다. 그리하여 읽은 이로 하여금 곧바로 '무한 고독의 심원'으로 이끌려 들어가게 만든다.

　「사랑의 방법」에서 주인공인 '나'는 어찌어찌하여 황해의 '풀등'에 내리게 된다. '밀물 때면 바닷물에 잠기고 썰물 때면 드러나는 모래밭' 말하자면 풀등은 조그만 섬이자 사막이며 존재하지만 존재하지 않는 곳이라 할 수 있다. 그리고 이곳에 나의 뒤를 따라내린 웬 여자가 등장한다. 나란히 맨발로 모래밭을 거닐며 그녀가 '내'게 말을 걸어오지만, 나는 물에 잠긴 사막과 물속에 서 있는 망루를 바라볼 뿐이다. 망루는 '다른 눈이 나를 바라볼 수 없는 곳'이면서 '나 자신의 모습을 언제까지나 비춰볼' 수 있는 공간이다. 나는 젊은 시절 거제도에 머물 때 보았던 지심도의 등대(어쩌면 환영이었는지도 모른다)와 비탈진 그늘에서 자라는 유독식물인 천남성을 떠올리며 그 환영의 실체가 무엇인가를 자문한다.

돌아오는 뱃길에서 나는 초록색 등대를 본다. '등대는 포구에서 바라보이는 바위 위에 서 있었다.' 하지만 이조차 환영이 아니었을까. 나는 다시금 다마스쿠스의 망루와 안산에 살 때 보았던 자재 야적장의 버려진 망루와 어렸을 때 동네 고향에 있었던 망루를 떠올린다. 이때 풀등을 함께 걸었던 여자가 내 옆으로 다가와, 옛날에 거제도인가 통영에서 '초록색 등대'를 본 적이 있다고 말한다. 그러자 나는 뒤늦게 이런 상념에 사로잡힌다. '여자는 같은 배를 타고 와서 같은 운명에 놓인 관계였다.' 그런데 왜 하필이면 초록색의 망루인가. 나는 여자에게 말한다.

'난 이 섬에 양들을 가득 풀어놓고 싶어요.' 그러자

여자가 반문한다. '양들을 파는 시장을 아세요?'라고. 여자의 말에 따르면 그것은 '카페앞양떼'라는 인디밴드의 이름이며 멤버들이 공연 때 양 마스크를 쓴다고 한다. '그럼, 양들을 보러 갑시다.' 이렇게 대답하며 나는 초록색 등대 안으로 들어가면 마스크를 쓴 누군가가 맞이해 줄 것이라는 생각을 한다.

소설의 끝에 가서야 '마스크를 쓴 누군가'가 밝혀진다. 전쟁통에 죽은 소꿉친구였던 그녀. 벅수. 어릴 때 나는 망루 밑을 오가며 그녀가 살아 돌아오기를 빌었다. '내가 소금창고 안에 내 살을 저며 보관했듯이 소꿉친구도 그녀의 살을 그랬을 것이다.' 그리하여 나는 '나만의 초록색 등대'를 세우고 싶어하며, 그 안으로 들어가 '이 세상의 마지막 머나먼 섬으로 빛처럼 떠나고' 싶은 것이다.

「사랑의 방법」은 모래가 풀인 사막의 섬에 초록의 망루(등대)를 세우고자 하는 주인공의 간절한 염원이 담겨 있는 소설이다. 말할 것도 없이 그 망루의 주인은 윤후명 선생 자신이며 지금 망루 꼭대기에서 그는 사막과도 같은 이쪽 세상을 무연히 내려다보고 있다. 모래밭에서 풀을 뜯고 있는 양떼들을 말이다. ✤

정
호
웅

[ㅇㅜㅓㄴㅅㅜㅇㅇㅣㄴㅡㄴㅇㅓㅆㄷㅏ]

이
렇
게

평
설
했
다

길 위의 사상

윤후명 소설 읽기의 괴로움과 즐거움

윤후명 소설은 한국문학사에 처음 등장한 개성이다. 당연히 낯설다. 이 낯선 윤후명 소설을 읽는 일은 한편으로는 괴롭고 한편으로는 즐겁다.

윤후명 소설 읽기는 괴로운 일이다. 몇 가지 이유가 있다. 하나는 윤후명 문학을 이끄는 정신이 물리적 시공간의 구속에 갇히지 않는다는 것이다. 과거와 현재가 뒤섞이고 이곳과 저곳이 포개지는 그 시공간은 물리적 시공간과는 다른 차원에 속하는 시공간이다. 그 시공간의 형식과 내용을 온전하게 담아낼 수 있는 말이 지금으로서는 없으니 '윤후명적 시공간'이라 할 수밖에 없다. 물리적 시공간과는 다른 차원에 속하는 그 윤후명적 시공간은 이성의 이해를 넘어선 곳에 자리하고 있으니 그 앞에서 독자는 괴로울 수밖에 없다.

또 하나의 이유는 그 윤후명적 시공간에 들어 있는 많은 이미지들의 상징 의미를 읽어내기 어렵다는 것이다. 많은 경우, 그 이미지들은 어떤 상징 의미도 담고 있지 않은 '그냥 이미지'에 지나지 않는 것이기 때문에 어려움은 더욱 커진다. 읽는 이의 괴로움도 따라 커질 수밖에 없다.

윤후명 소설에서 소설을 구성하는 요소들을 하나로 꿰는 것, 통상 주제라 부르는 것을 찾을 수 없는 경우가 많다는 점도 윤후명 소설 읽기를 괴로운 일로 만드는 요인이다. 인물들의 말, 행동, 생각, 사건 등 소설을 구성하는 요소들은 인과관계로 엮이는 등 상호관련적인 경우도 있지만, '느닷없이' 소설 속에 들어와 다른 것들과 전혀 관계 맺지 않고 외따로 서 있는 경우도 많다. 윤후명 소설의 서사는 구성소들을 엮어 명료하게 주제를 제시하는 통상의 서사와는 크게 다르다. 우리 소설사에서는 전에 없었던 낯설고 난해한 서사이니 독자는 괴롭지 않을 수 없다.

　그러나 윤후명 소설 읽기가 괴롭기만 한 일은 아니다. 더없이 즐거운 일이기도 한데 독자를 구속하지 않는다는 것이 가장 큰 이유이다. 상호관련성이 옅은 것들이기 때문에 독자는 굳이 소설 구성소들이 어떤 관계로 엮여 있는가를 명백히 알고자 애쓸 필요가 없으며, 소설 구성소들을 하나로 꿰는 의미 곧 주제를 찾아내려 끙끙대지 않아도 된다. 윤후명적 시공간을 자유롭게 유영하는 윤후명적 인물을 따라 또는 그 인물과 따로, 자유롭게 저마다의 상상 행로를 가면 되는 것이다.

　윤후명 소설 읽기는 독자에게 낯선 세계와의 만남에서 솟아오르는 즐거움을 선사한다. 윤후명 소설은 전통적인 서사와는 달리 곳곳에 전혀 예상할 수 없었던 것들을 감추고 있어 읽는 이에게 지적, 정서적 충격을 가한다. 새로운 것을 알게 하고 느끼게 하는 충격, 그래서 윤후명 소설을 읽는 것은 즐거운 일이다.

　윤후명 소설은 정확한 읽기, 깊이 읽기 따위와는 무관하다. 윤후명은 소설은 독자 저마다의 자유로운 읽기, 창조적 읽기의 대상으로서 우리 앞에 놓인 무정형의 출렁이는 텍스트이다.

지금 우리 앞에는 두 편의 단편 「사랑의 방법」과 「원숭이는 없다」가 놓여 있다. 이제 자유로운 상상 여행에 나서 보기로 하자.

나만의 세상을 찾는 망루의 사상-「사랑의 방법」

「사랑의 방법」에는 "바닷가나 섬 같은 곳에 높이 세워 밤에 다니는 배에 목표·뱃길·위험한 곳 따위를 알려 주려고 불을 켜 비추어 주는 곳"이라 사전에 풀이되어 있는 등대는 나오지 않는다. 이 작품에 나오는 등대는 '망루'로서의 등대, 빨간색이나 하얀색이 칠해져 있는 보통의 등대와는 다른 그러니까 특별하고 예외적인 '초록색' 등대이다.

「사랑의 방법」의 주인공은 언제나 '망루'를 좋아했는데 그것은 "다른 눈이 나를 바라볼 수 없는 곳"이면서 "아무런 간섭을 안 받고 자유롭게 관찰할 수 있는 특권이 주어진 곳"이기 때문이다. 타인의 시선이 미치지 못하는 곳, 대상을 관찰하는 자신의 시선만이 살아 있는 이 완전한 자유의 공간은 절대의 권력자로서 모든 것 위에 군림하는 것이 가능한 곳이다. 타자를 구속하는 시선은 권력인 것이다.

그러나 그 망루의 권력은 타자를 구속하고 억압하며 부리는 힘이라기보다는 자신을 타자와의 관계로부터 해방하는 힘에 가깝다. 그 권력으로 해서 그는 모든 관계에서 풀려난 완전한 자유인일 수 있다.

이처럼 완전한 자유가 가능한 망루를 열망하는 이 특별한 정신이 "나는 내가 겪는 이 세상이 오직 하나밖에 없는 나만의 것이기를 얼마나 바랐던가."라고 말하는 것은 자연스럽다. 그는 모든 관계에서 풀려난 자신만의 삶, 자신만의 세상을 바라는 존재이다.

이처럼 완전한 자유인이면서 또한 절대의 권력자인 망루의 인간이 되기를 열망하는 이 남다른 정신이 옛날을 회상하면서 "옛일이 사실이 아니어도 이제는 어쩔 수 없다. 내 마음이 사실이라고 믿으면 그것을 품고 살아가야 한다. 초록색 등대라면 초록색 등대가 틀림없다. 내가 초록색 등대 안으로 들어가면 그 안에 나만의 세계가 나니아 연대기처럼 펼쳐질 뿐이다."라고 말하는 것도 자연스럽다. 그는 타자와의 관계가 구성하는 세상 밖 '자신만의 세상'을 스스로 구성하고 그 속에서 살기를 바라는 존재인 것이다.

윤후명 문학을 일군 정신, 윤후명 문학 한가운데 들어 있는 정신이 이것임은 물론이다. 사막을 걸어 해지는 지평선 너머로 아득히 사라지는 외로운 나그네, 서해안 염전 짠 바다바람에 자신의 삶을 쟁여 절이는 환멸과 자부의 시인, 영혼의 허기를 끄고 갈증을 씻어 줄 그 무엇을 찾아 중앙아시아 초원을 시베리아 침엽수림을 헤매는 여행객, 그들 천애유랑의 존재들이 지닌 정신, 그들을 통해 제시되는 정신.

자신만의 세상을 스스로 구성하고 그 속에서 살기를 바라는 '윤후명적 인물'은 그런데 미리 정해놓은 '어디'를 향하는 길 떠난 인물 일반과는 달리 "다음날 어디로 갈지 모르"는, 방향성을 애당초 갖고 있지 않는 존재이다. 그는 모든 관계에서 벗어나고자 하는 열망이 이끄는 대로 '지금 이곳'을 떠나 길 위에 올랐을 뿐이다. 그러므로 그는 언제나, 매순간 '지금 이곳'을 떠나는 존재이고, 그렇기 때문에 언제나 '길 위'의 존재이다.

한국문학사에서 이런 존재, 이런 정신은 윤후명 문학

이전에는 없었다. '윤후명적 인물'은 윤후명이 창조한 신인종이다. 이런 신인종의 행로가 구축하는 윤후명 문학이 전에 없었던 개성의 문학인 것은 새삼 말할 필요가 없다. 「사랑의 방법」에는 윤후명적 인물과 윤후명 문학의 그 같은 새로움에 대응하는 이미지가 빛나고 있다. '하늘에 떠 있는 사막'이 또한 전에 없었던 전혀 새로운 것임은 물론이다.

그러면서도 내가 걸어본 사막들의 이름에 이곳을 추가해야 될까 보다고 생각했다. 그렇다면 그곳은 내가 아는 사막들 가운데 가장 조그만 사막이 될 터였다. 사막의 가장자리를 둘러싸고 있는 푸른 바다는 바다라기보다 푸른 하늘 같았다. 그러니까 모래섬은 하늘에 떠 있는 둥그런 사막인 셈이었다. 나는 하늘사막의 한가운데에 걸음을 옮겨놓으며 먼 세계를 떠돌고 있다고 생각하려 애썼다.

하늘에 떠 있는 사막이라니! 한국문학에 윤후명이 있어 우리 또한 우리를 칭칭 얽어매고 있는 것들로부터 한순간에 놓여나 그 사막을 거닐 수 있다. 이 정복감淨福感!

원숭이들이 사는 미궁迷宮-「원숭이는 없다」

「원숭이는 없다」에는 많은 '원숭이'가 나온다. 참으로 많은데 두 부류로 나눌 수 있다.

1) 어릴 적 삼촌 아저씨를 따라 곡마단 구경을 갔다가 만난 원숭이, 캄보디아 정글 속 돌부처를 타고 노는 원숭이, "홰를 타고 앉아 광활한 우주 공간을 응시하는 거대한 원숭이", '조삼모사朝三暮四'라는 사자성어를 만들어낸 중국 옛이야기 속의 원숭이, 그리고 작품 마지막에 등장하는 작중 인물이 변한 원숭이.

2) 봉산탈춤에 나오는 원숭이, 석가모니 전생 설화에 나오는 원숭이, "원숭이를 보면 재수가 없다."는 속담 속의 원숭이, 두리안이라는 높은 나무에 열리는 과일을 따는 원숭이, 장터의 약장수가 데리고 다니는 원숭이, 삼장 법사를 호위하는 손오공, 월남인들이 그 골을 먹는다는 원숭이.

이 가운데는 나름의 의미를 갖고 있는 또는 갖고 있

는 것 같은 '원숭이'도 있지만 아무런 의미도 갖고 있지 않은 또는 갖고 있지 않은 것으로 보이는 '원숭이'도 있다. 1)은 앞의 경우에, 2)는 뒤의 경우에 해당한다. 아무런 의미도 갖고 있지 않은 또는 갖고 있지 않은 것으로 보이는 것은 제외하고 1)에 속한 것 몇 개를 살펴보자.

조삼모사라는 사자성어를 만들어낸 중국 옛이야기 속의 원숭이는 '우리네 살아가는 꼴'이 어떠한지를 보여주는 존재라는 단일하고 명료한 의미를 지니고 있다. 이와는 달라, 마찬가지로 단일하고 명료한 의미를 지니고 있지만 다른 의미의 부정을 통해 그런 의미를 지니게 된 경우도 있다. 캄보디아의 밀림 속에 묻혀 있다가 발견된 사원의 부처들 머리를 밟고 다니는 원숭이가 여기에 해당한다. 주인공은 그 원숭이를 처음에는 그 황폐한 풍경을 더욱 처량하게 만드는 '경망스러운 짐승'으로 보았다. 그러나 곧 머리를 젓고 그 부처들을 생생하게 살아 움직이게 만들고 진리의 빛으로 환하게 빛나게 만드는 존재라 보았다. 다음과 같은, 생명의 비의를 깊이 꿰뚫는 상상력이 앞선 의미의 부정을 통한 새로운 의미의 성립을 이끌었다.

밀림 속에서 부처의 얼굴은 원숭이들에 의해 신비하고 도 생생한 삶을 영위하고 있었다. 부처의 얼굴은 덩굴줄 기에 비끄러 매여 있는 처참하고 무력한 모습이 아니었 다. 덩굴줄기라는 세속의 결박과 고난 속에서도 의연히 희망의 빛을 내뿜는 얼굴, 결연히 진리를 외치는 진중하 고 환한 얼굴, 그것이었다.

앞에서 든 두 경우의 원숭이는 단일하고 명료한 의미 를 담고 있는 존재인데 다른 경우도 물론 있다. 하나는 서로 다른 여러 개의 의미를 동시에 지니고 있는 원숭 이이다. 어릴 적 아저씨를 따라 곡마단 구경을 갔다가 만난 원숭이는 아저씨 밑에서 살고 있는 어린 소년의 외로움을 떠올리게 하고, "인간은 자신의 우호적인 태 도가 상대방으로부터 배척당할 때 가장 절망하고 분노 하는 것"을 알게 하고 "자신이 아무리 외로운 상태에 빠져 있다 하더라도 그 속내를 함부로 다른 사람에게 나타내고 함께 나누기를 바라서는 안 된다는 교훈"을 주는 매개적 존재라는 의미를 지니고 있다. 그런데 그 세 개의 의미 사이에는 아무런 상호관련성도 없다. 하 나의 원숭이가 전혀 무관한 세 개의 의미로 나뉘어져 있는 것이다.

　지금까지 살핀 원숭이들의 의미는 작중 인물 또는 서술자의 말을 통해 밝혀져 있는 경우이다. 그런데 그렇지 않은 경우도 있다. 작품 마지막에 등장하는, 작중 인물 두 사람이 변해 된 원숭이가 그것이다.

　아내의 벌이에 얹혀사는 '등처가'인 배우 김과 퇴직금을 허물어 살아가고 있는 주인공은 약장수단의 원숭이를 찾아 나섰지만 실패한다. '컴컴한 어둠' 속에서 그들은 자신들의 얼굴이 원숭이 얼굴로 바뀐 것을 알게 된다. 공포에 짓눌리는 것은 당연한 것, 그들은 '사력을 다해' 그 공포로부터 벗어나고자 허둥지둥 내달린다.

　　우리 둘은 극도의 공포에 휩싸여 쪼그라진 원숭이 얼굴을 하고 컴컴한 어둠 속을 허둥거리며, 그토록 우리가 벗어나고자 몸부림쳤던 일상을 향하여 거의 사력을 다해 발걸음을 옮겨놓고 있었다.

　사람의 얼굴이 원숭이의 얼굴로 변했다는 것은 어떤 의미를 담고 있는가? 그들이 "벗어나고자 몸부림쳤던 일상을 향하여 거의 사력을 다해 발걸음을 옮겨놓았다"는 것은 어떤 의미를 담고 있는가? 모두가 불투명하다. 이를 두고 소외된 현대인의 존재성과 그것을 인식하는 데서 생기는 공포라 해석하는 것은 어떨까? 그런 해석도 있을 수 있겠다. 그러나 앞에서 말한 대로 윤후명 소설을 정확하게 읽는다는 말은 애당초 성립하지 않으니, 그것을 맞는 해석 또는 틀린 해석이라 할 수는 없다.

「원숭이는 없다」에 나오는 이처럼 저마다 다른 의미를 가진 원숭이들은 지금까지 살핀 대로 제각각 독립된 존재들로서 다른 원숭이들(의미들)과 무관하다(무관한 것으로 보인다). 비유하자면 그 원숭이들은 다른 의미의 방과 차단된 자기만의 의미의 방에 갇혀 있다. 그렇다면 어떤 의미를 갖고 있지 않은(또는 않은 것처럼 보이는) 원숭이들은 자신의 방 없이 떠도는 존재들이라 할 수 있겠다.

이렇게 본다면 「원숭이는 없다」는 아무 의미도 지니지 않은 이미지로서 떠도는 원숭이들과 나름대로의 의미를 갖고 있는 기호로서 자신의 방에 갇혀 있는 원숭이들이 구축하는 이원구조의 작품이라 볼 수도 있고,

'의미'의 측면에 주목하여 제각각 고립되어 있는 의미의 방들로 이루어진 미궁구조의 작품이라 볼 수도 있다.

이 독특한 구조를 지닌 작품을 읽는 이는 작품 속에 나오는 어떤 의미 없는 이미지로서의 원숭이(들) 또는 의미를 지닌 원숭이(들)의 의미(들)를 즐기면 된다. 그렇다면 작가는? 이 미궁 구조의 작품에서 의미를 길어내고자, 엮고자 고심하는 비평가를 비롯한 독자들을 멀리서 내려다보며 흐뭇하게 웃고 있는지 모른다. 아니, 꼭 그럴 것만 같다. ✸

윤후명 문학적 자전 - 진실의 이름

진실의 이름

1

처음 시랍시고 일기장에 적어놓곤 한 것은 중학교 때였다. 5·16군사혁명이 나고 군인이었던 아버지가 혁명검찰관이 되어 중3 때 서울로 올라옴으로써 내 서울 생활은 시작되었는데, 그건 견디기 어려운 혼돈 속에 내팽개쳐진 것이기도 했다. 1946년에 강원도 강릉에서 태어나서 여덟살 때 고향을 떠난 것도 군인가족이 된 때문이었다. 그로부터 거의 매년 대전, 춘천, 대구, 양주, 부산 등등 여러 곳을 옮겨다니며 살다가 드디어 서울에 정착한 것이다. 새로운 생활의 혼돈은 '홀로 있음'을 강조하여, 나는 갑자기 내 존재를 생각하기 시작했다. 이것이 내가 외로움이라는 낱말을 가까이하게 된 실마리였다. 서슬이 시퍼렇던 혁명검찰의 위세에도 불구하고 원하던 학교에 전학이 안 되어 홀로 웅크려 있어야 했던 내게는, 그렇게 동경했던 서울이 황량하기 그지없는 유배지였다.

그런 내 손에 들려진 게 학생잡지 『학원』이었다. 내 또래의 아이들이 시도 쓰고 산문도 써서 잡지에 발표하고 있다는 사실에 나는 놀랐다. 그리하여 나는 드디어 그 대열에 동참하게 되었지만, 밤마다 토해 놓는 '시'는 시가 아니라 그저 보잘것없는 넋두리에 지나지 않았다. 요컨대 산문을 행만 갈라놓는 꼴이지 시가 아닌 것이었다. 하기야 시라고 쓴 것이 시가 아니라 산문이라는 사실을 안 것만 해도 굉장한 발견이긴 했다.

그러면서 용산고등학교에 진학한 나는 이미 문학에 깊이 빠져 있었다. 나는 학업과는 점점 담을 쌓아갔고, 오로지 글쓰기에만 매달려 밤을 밝히기 일쑤였다. 주된 발표 무대는 역시 『학원』이었다. 그리고 거기에 글이 실리는 전국의 문학 소년소녀들과 편지를 나누며 사귀게도 되었다. 박목월 시인의 「보랏빛 소묘」를 읽으며 '우리가 시로 병들었더니, 시로 다시 서게 되었구나' 하는 구절과 '진실해야 한다'는 구절이 가슴에 멍울져서, '문학은 진실'이라는 명제에 사로잡혀 있던 시기이기도 했다.

진실이란 무엇일까. 알 수 없는 이 절체절명의 의문을 붙들고 나는 학교를 건성으로 오갔다. 산문이나 소설보다는 시에 경도되어 시만이 가장 진실하고 순수하고 위대한 것이라는 믿음에 빠진 나날이었다.

조지훈·박목월·박두진 시인의 『청록집』은 경전이었다. 그리고 그 뒤에 서정주 시인의 『화사집』, 외국 시인들의 시가 뒤따랐다. 그러고는 점차 세분화되기 시작하여 여러 동인지들에까지 눈길을 뻗쳤을 때는 글쓰기와 독서편력은 제법 깊고 다양해져 있었다. 그 무렵 집에는 동생의 가정교사로 불문학 박사 과정에 있던 K선생에게 보들레르의 시 「신천옹」이나 「교감(조응)」 등을 배워 감동한 것도 새삼 기억되는 일이다.

고등학교 2학년 때 성균관대학교의 전국 고등학생 백일장에 나가 장원상을 받은 것을 시작으로, 동국대 백일장을 비롯한 여러 백일장을 거치면서 2학년과 3학년 연거푸 『학원』문학상'을 받게 되기까지 내 수상경

력은 자못 화려한 것이었다.

말했다시피 내 서울생활은 외롭게 시작되었고, 언제까지나 외롭게 이어지고 있었다. 더군다나 내가 문학에 '병들어' 가는 것이 집안에는 정말 어떤 병소처럼 여겨지게 되어가고 있었다. 법관이 되기를 희망하는 아버지와, 굶어죽더라도 시인이 되겠다는 아들의 대립은 어둡기만 했다. 나는 자폐를 무기로 삼듯 내 골방으로 숨어 들어가 시 속에 웅크리곤 했다.

그리고 나는 가끔, 아니 종종 완행열차에 몸을 실었다. 고등학교 1학년 때부터 편지를 나누던 K가 천안에 살고 있었다. 그 무렵 우리들은 여러 문학도들과 편지를 나누는 게 문학수업의 또 다른 형태이기도 했다. 그런 가운데, 나보다 한 학년 위였던 그녀는 언제부터인가 나의 유력한 조언자가 되어 있었다. 서울에서의 외로움과 집안의 숨막히는 분위기가 더욱 나로 하여금 열차를 타고 그녀에게로 향하게 한 것인지는 몰라도, 나는 그 완행열차의 시간을 내 문학의 중요한 공간으로 기록한다. 그것은 단순한 열차가 아니었다. 그 시간과 공간 속에서 나는 내가 진정한 문학자가 될 수 있는지 고민했고, 또 될 수 있다고 자부했다.

그녀가 가정 형편 때문에 대학진학을 포기하고, 또 나와의 결별을 선언함으로써 우리의 만남은 끝났다. 모든 헤어짐은 고통스럽다. 하지만 추억 속에 남은 그 헤어짐이 우리의 삶을 인도할 때, 그 고통은 승화되어 영롱하게 빛난다. 그러므로 언젠가는 추억으로 남을 이 순간을 위해 우리는 늘 기도하고 인내하지 않으면 안 된다.

고등학교 시절은 내게는 역시 시인에의 길이었다. 뒷날 시인이 되는 임정남·정희성을 비롯하여 연출가가 되는 채윤일도 시를 쓰는 선배였다. 3학년이 되어 남들은 입시에 매달려 두툼한 책가방을 힘겹게 들고 다닐 때도 나는 홀쭉한 책가방을 끼고 간신히 학교를 오갔다. 대학에 갈 생각도 구태여 없었고 머릿속에 차 있는 건 문학, 시뿐이었다. 학교가 생긴 이래 첫째가는 지각생이라고 선생님으로부터 늘 야단을 맞으면서도, 이왕 늦은 바에야, 하고 포기하는 마음에 학교 앞 시장에서 막걸리 한 사발을 들이켜고 등교하는 때도 있었다. 획일적인 학교 교육에 진저리를 치던, 그야말로 '지옥에서 보낸 한철'이었다.

나는 지금도 간혹 내가 문학을 하지 않았더라면 어떻

게 되었을까, 혹은 무엇을 이토록 끈질기게 할 수 있었을까 묻는다. 이 질문에 이어서 서슴없이 나오는 대답이 '식물학'이다. 중학교 때 시를 쓰기 시작해서 고등학교에 들어가서도 변함없이 시인에의 꿈을 키웠지만, 처음 특별활동으로 택한 것이 원예반이었음은 그 생각에 바탕을 두었기 때문일 것이었다.

싫증을 잘 내는 내가 지금까지 쉬지 않고 해오는 것이 있다면 그것은 글쓰기와 식물 가꾸기뿐이다. 식물 가꾸기라면 뭔가 좀 여리고 예쁜 것만을 연상하게 되는데, 그것은 식물의 본질을 잘 모르는 무지에서 오는 것이다. 지구상의 모든 소비자인 동물들을 먹여 살리는 유일한 생산자로서의 식물의 세계를 모르고서는 우리의 삶의 뿌리, 즉 '진실'을 알 길이 없다. 나라는 인간이 무엇을 하든 한낱 소비자라는 사실에 나는 유난히 죄의식을 갖는다.

식물학은 위대한 것이다. 독일의 문호 괴테가 왜 식물학에 그토록 빠져들었는지 알아야 한다. 나는 내가 식물학을 해서, 내가 가꾼 식물들 속에서 고적한 방 한 칸을 마련하고 그곳에서 글을 쓰고 있는 장면을 상상한다. 완성된 삶이란 그런 것이다, 하고 말할 수 있을 것 같다. 그런 삶을 이루지 못한 나는, 그래서 지금 내게 문학을 배우는 사람들에게 글을 쓰는 것은 농부가 농사를 짓는 것과 같음을 역설한다. 꽃과 열매의 풍요로움을 원한다면 먼저 뿌리에 거름을 주어야 한다고. 농사짓는 마음이 아니고선 결코 좋은 글은 나올 수가 없다고.

나는 식물에 관한 책들을 주로 읽는다. 여기저기에서 밝힌 바 있듯이 어려서 식물학자를 꿈꾸었던 나는 거기에 실패한 대신 식물에 관한 책을 쓰리라 다짐하곤 했었다. 물론 지금까지 살아오는 동안 어디에든, 셋집이든 아파트든 이 꽃 저 나무 집으로 끌어들여 기르는 것이 내 습성이기도 했다. 지금 집 뜰도 어지럽게 이꽃 저 나무가 서로 엉켜 비집고 싸우는 지경이다. 식물책을 읽을 때, 나는 예전 철학책을 읽을 때와 같은 마음이 된다. 식물과 철학은 어디에서도 마주치지 않는다. 그러나 내 마음속 깊이 저 아래 아래에서 그들은 서로 뿌리를 같이 내리고 있다. 연리지의 모습이다. 그 결과를 모아 쓴 책이 '윤후명의 식물 이야기' 『꽃』이다.

일찍이 좋아했던 '꽃 한 송이에서 우주를 본다'는 윌리엄 블레이크의 시도 여기에 합일되어 있다. 그리고 불경의 구절들이 꽃 속에서 살아난다. 진리를 말하려고 '본래의 자리에 돌아와 앉은,『금강경』의 부처 모습이 가득하다. 이 윤회의 자리에 또한 내가 있다. 나는 어디서 와서 어디로 가는가. 또한 이 말은, 문학을 하려면 인간학·인문학의 근본적인 공부에 뿌리를 깊이 박지 않으면 안 된다는 말과도 통한다. 문학은 손끝으로 하는 게 아닌 것이다. 여기서 다시, 고등학교 시절에 가졌던 의문을 되살린다.

진실이란 무엇일까. 나는 진실한 것일까.

그런데 그 의문은 끝나지 않고 아직도 계속 살아 있다는 것이다. 글을 쓴다는 것은 그 의문에 대한 대답이다. 그러나 하나의 대답이 나오는 순간, 의문은 저만치서 다시 고개를 내민다.

그것이 삶에 대한 의문인 한 영원히 완성될 수 없음을 나는 안다. 드디어 시지푸스의 신화인 것이다. 산꼭대기까지 바위를 굴려 올리는 형벌을 받은 시지푸스는 온 힘을 기울여 산꼭대기까지 바위를 굴려 올린다. 그러나 그 순간 바위는 여지없이 산 아래로 굴러떨어져 버린다. 다시 굴려 올리지 않으면 안 된다. 형벌은 영원히 계속된다. 영원한 절망이다. 영원한 형벌, 영원한 절망의 글쓰기다.

고등학교 때 열심히 편지를 나누던 제주도의 소녀가 보내주었던 수선화를 생각한다. 내가 수선화를 본 적이 없다는 편지를 써 보내자, 수선화는 제주도에선 소가 뜯어먹는 풀일 정도로 많다면서 보낸 것이었다. 몇 해 전, 종로 길거리에서 수선화를 사다 뜰에 심은 뒤로 해마다 그 맑은 꽃을 본다. 수선화를 보내면서 그녀가 우리 서로 언제까지나 문학에 헌신하는 사람이 되기를 기원했듯이, 나는 지금도 버리지 않은 꿈으로 수선화 피는 봄을 맞는다. 서양에서는 수선화가 자기도취를 뜻하는 나르시스의 화신이라고 했지만, 그녀는 그것이 소의 먹이가 된다고 했었다.

고등학교를 마칠 무렵 나는 집에서 독립을 선언하고, 시 쓰는 부산 친구와 함께 수유리 어디쯤 벌판 한가운데 버려지다시피한 시멘트 블록 단칸방을 얻어들었다. 그리고 눈이 그리도 많이 왔던 날, 몇이서 집들이 비슷한 것도 했었다. 서울에서 공부한다고 제주의 소녀도 올라와 참석을 했었다. 그러나 그날 방을 비웠다가 다음날 가보니 누군가 이불이며 뭐며 알뜰히 가져가버리고 아무것도 남아 있지 않았다. 그로부터 나의 동가식서가숙 생활은 시작되었는데, 문학으로 병든 생활은 바야흐로 절정을 향해 치닫고 있었다.

겨울 눈 속에서 그 벌판의 빈집은 대학으로 가는, 시인이 되는 길목의 마지막 상징처럼 뇌리에 남아 있다. 그것은 험난한 내 앞길을 재촉하는 이정표가 아니었던가. 그리하여 세월이 성큼 지난 지금의 나는 어떤가. 시간에 도둑맞은 빈집 몇 채 세우고 여기까지 온 것은 아니었는가. 그러나 그럴지라도, 빈집 둘레에 내가 심어놓은 수선화 있어 봄마다 환하게 꽃필 것을 나는 알고 있다.

그러므로 그 빈집은 빈집이 아닌 것이다. 게다가 내가 먹이는 튼튼한 소가 그것을 뜯어먹고 기운을 차린다면 더욱 그런 것이다. 그리고 수선화와 소가 함께 소리쳐 내게 다음과 같은 물음을 갖게 한다면 더더욱 그런 것이다.

진실이란 무엇일까.

2

어느 어두운 날 밤, 아버지와 어머니가 나를 불러 앉혔다. 그날따라 전기가 나가서 대신 촛불이 방안의 어둠을 물리고 있었다. 나는 이미 무슨 말이 나올지 짐작하고 있었다. 벌써 여러 날째, 나의 대학 진학 문제 때문에 아버지는 머리가 무거운 모양이었다. 하기야 '여러 날째'가 아니라 거의 한 해가 넘도록이었을 것이다.

"자, 이제 마지막 결정을 해야 해."

아버지는 결연히 입을 열었다. 중등학교 때는 꽤 성적이 좋던 나는 고등학교에서 학년이 높아갈수록 형편없어졌더랬다. 그 일로 해서 아버지는 학교에 불려가기도 했었다. 그러나 정작 문제는 그게 아니었다. 성적이 나쁘면 거기에 맞는 대학을 택하면 되는 것이었다. 그런데 아버지의 뜻에 따르지 않고 나는 문학을 하겠다는 뜻을 굽히지 않고 있었다. 여러 입상 경력으로 이미 문학에 병든 경력을 업고서였다. 아버지는 당연히 법을 공부하기를 무엇보다 바라고 있었다.

"법은 인간을 구속하는 거고, 문학은 인간을 해방하는 거예요."

고3 녀석이 이 무슨 가당찮은 말인가. 나는 감히 말했다. 더군다나 나의 말을 듣고 있는 아버지가 어떤 사람인가. 사법고시 합격생을 극히 적게 뽑던 예전, 겨우 6명 중 한 명으로 입신하여, 혁명검찰관과 육군고등검

찰부장을 역임한 분이 아닌가.

　초등학교 시절부터 나를 법관으로 만드는 게 꿈이라고 하는 말을 수없이 들어왔던 나였다. 고등학교에 올라와 내가 비록 문학에 병들었다고 해도 그건 어디까지나 한 시절의 병일 뿐이라고, 아버지는 굳게 믿고 있었음이 분명했다. 그리고 내게 중국 이태백과 일본 마츠오 바쇼의 시를 말해주기도 했고, 회초리를 들기도 했었다. 하지만 나는 이미 가난과 고난의 내 길을 운명으로 택하여 산모롱이를 돌아가고 있었다. 어떠한 조언이나 회유도 소용이 없었다. 나는 그렇게 아버지의 믿음을 저버렸다.

　아버지는 내가 어엿한 법관이 아니라 몹쓸 소설가가 되던 그 해에 눈을 감았다. 그리고 나는 아직도 내 삶이 무엇인지 몰라 망연하게 날밤을 밝히며 고약한 가시밭길, 문학의 길을 촛불도 없이 캄캄히 더듬고 있는 것이다.

　나는 군인가족으로 해마다 학교를 옮겨다녔다. 대전, 대구, 춘천, 남양주, 부산 등의 지명이 내 발자취에 얹힌다. 떠돌이 같은 생활이 그러나 오늘날 작가로 살아가는 데 도움이 되었다고 나는 믿는다. 특히 부산에서 그가 박정희 장군의 막료가 되었던 3년간의 시절은 내게는 귀중한 청소년의 경험을 선사했다. 그러다 오일륙 군사혁명이 일어나 서울로 올라온 직후부터 나는 시라는 걸 노트에 적고 있는 나를 발견했다.

아버지의 뜻대로 내가 살아온 것은 아니지만, 나는 오랫동안 알게 모르게 법정신의 영향 아래 성장해왔음을 부인할 수는 없다. 나는 아버지의 뜻을 따를 수 없었다. 하지만 나는 그때부터 지금까지 그 뜻을 저버리지 않는다는 신념으로 글을 쓴다는 정신을 키웠다. 법의 길을 가는 것보다 한층 더한 결의로 나를 다지며 그 뜻을 포괄한다는 역설의 길이다. 그러므로 나는 한시도 한눈을 팔아서는 안 된다. 나는 내 글의 심판대에 서서 나를 판단하고, 세상을 판단하고, 우주를 판단해야 하기 때문이다. 진실이란 과연 무엇인지를 물어야 하기 때문이다.

3

아버지와의 대립으로 나는 엉뚱하게 연세대 철학과에 들어가게 되었다. 그것은 나의 문학과 아버지의 법

학이 양보하지 않아 절충을 본 길이었다. 철들며 손에
든 문학책. 거의 누구나 그랬을 것처럼 나도 문학, 그
중에서도 소설이었다. 한국 소설보다는 외국 소설이었
다고 기억된다. 아버지가 사다준 다이제스트 세계 문
학 전집을 펼치고 불쌍하게 낑낑거렸던 기억도 새롭
다. 왜 불쌍했는지는, 나중에 출판사에서 일하면서 그
엉터리 번역을 직접 매만지게 되어 확실히 실체를 알
수 있었다. 도무지 문장이 성립되지 않는 게 태반이었
던 출판 실정에, 나는 매일 한숨을 쉬며 내 어린날의
고생을 보상받을 데가 없어 속을 끓이기만 했다. 되지
않은 문장을 되도록 만들어 읽으려고 나는 얼마나 악
전고투했던가. 실체와 다른 엉터리 번역 소설을 읽으
며 나는 얼마나 허황된 세계에 빠져들어갔을까. 그러
다가 처음으로 무언가 문학을 의식하며 읽은 게 『전후
문제작품집』이었다. 그전까지는 그냥 문학의 본질이야
어쨌든 어떤 분위기에 아롱젖은, 나름대로의 감상적
책읽기였다고 해도 좋을 것이다. 드디어 나는 시를 쓰
기 시작하고 있었고, 위 전집 가운데 『한국전후문제시
집』과 『소설집』은 새로운 귀감이었다. 세계 명작에서
한국것으로의 회귀를 가능케 한 일이었다. 시를 향한

열정은 대학에 들어가서 거의 절정에 이르렀다. 『청록집』의 시인들, 서정주, 김춘수, 김수영, 외국 시인들, 가리지 않고 섭렵하던 무렵이었다. 박목월 선생님의 국문학과 강의실과 서라벌예대의 서정주 선생님 강의실까지 나는 시를 찾아 순례했다. 그리고 2학년을 마치면서 1967년 『경향신문』 신춘문예에 당선됨으로써 급기야 시인이 되었다.

시에 빠져 있던 대학 시절, 자의반타의반으로 읽지 않으면 안 되었던 철학 책들. 서양의 플라톤과 중국의 장자, 맹자 강독은 또 하나의 다른 세계였다. 얼마 전에 무슨 일로 학교에 가서 떼어본 성적증명서에서, 나는 내가 이렇게 많은 과목을 이수했던가, 하고 놀란 적이 있었다. 그러고보니 제법 많은 철학 책들이 눈에 어른거렸다. 을유문화사의 『세계사상전집』과 몽테뉴의 『수상록』을 차례로 읽던 어느날, 데카르트가 화장실에 가서 깨달았다는 COGITO ERGO SUM의 『방법서설』에 그만 경도된 그날을 잊지 못 한다. 근대 이성의 싹틈이란 의외로 단순한 깨달음에서였다는 그 하루의 전율. 마침 이른 제비꽃 앞에서 스스로 묵언 약속. 글을 써야 한다.

플라톤과 맹자가 어떻게 똑같은 말들을 하며 길고 긴 외로움을 달랬는지 알 것 같았다. 이 사실은 모든 세상일에 적용된다. 그래서 르낭을 데카르트식으로 읽으려던 시절. 욕심낸 많은 책들을 보며 한숨짓던 시절, 조이스와 카프카가 다가오고 카잔차키스와 마르케스가 명멸하던 시절, 유영 교수 강의실에서 18세기 영시를 읽으며 강의실 밖에선 엘리옷과 베케트와 이오네스코를 숨쉬던 시절, 그러나 일찍이 괴테는 『시와 진실』에서 말하고 있었다. 책들을 옆에 쌓아둔 것만으로도 내용이 머릿속에 옮겨진다. 꼭 같은 문장인지는 확인할 수 없어도, 그런 요지였다. 처음에는 어쩐지 미심쩍은 말이라고 건성으로 받아들였는데, 날이 갈수록 뇌리에 남아 오는날까지도 진리임을 고집하는 까닭을 나는 모른다. 그러면서 나는 형이상학에 병들어갔다. 거기에 사르트르의 '실존주의란 휴머니즘이다' 라든가 칸트의 '철학은 인간학이다' 라는 단순 명료한 직언이 덧씌워진다. 그것은 외로움의 황홀을 불러일으키며, 나를 각성케 하는 한마디들이었다. 그리고 엉뚱하게도 아리스토텔레스에서 현대로 이어지는 모방에 관한 논문을 썼다.

4

그토록 고대해온 시인이 되었으나, 나는 전혀 준비가 되어 있지 않다는 사실을 깨닫고 여간 당혹스럽지 않았다. 내게는 보여줄 언어도, 세계도 없었다. 갈 길이 보이지 않았다. 그때까지 나는 단지 문학에 뜻을 둔 문학도일 뿐이었다. 물론 상금은 한 학기 등록금을 해결하고도 얼마큼의 여윳돈을 남겼다. 어쨌든 신춘문예 당선이 아버지에게 실망을 안겨준 만큼 내게는 반성을 안겨주었다는 점에서 나는 새로운 출발점에 서게 된 것이었다.

그로부터 2년 뒤, '칠십년대'라는 시 동인을 결성하여 새로운 시를 선보이기까지 나는 방황을 계속했다. 동인은 나를 비롯하여 강은교, 김형영, 석지현, 임정남, 정희성 등이었다. 대학을 졸업하고 출판사에 다니며, 나름대로의 언어와 세계를 갖추었다고 여긴 시들을 발표함으로써 나는 내 안에 시인을 진정으로 맞이하고 있다는 믿음을 가질 수 있었다. 그 결과는 첫 시집 『명궁名弓』에 고스란히 담겨 있다.

1977년 첫 시집을 내고 나서 막다른 골목으로 내닫

게 된 나는 이듬해 더욱 악전고투하고 있었다. 문학에 대한 갈증은 해소되지 않았고, 나는 점점 그악스러워졌다. 위기를 스스로 불렀는지도 모른다. 다른 길을 뚫지 않으면 안 되었다. 이제까지의 모든 생활 기반을 깡그리 잃고서야, 홀로 된 그 해 여름, 나는 소설가가 되기로 결심했다. 어지러운 상황, 캄캄한 상황에서 달리 돌파구는 없어 보였다. 막다른 골목에서 되돌아나오자면 새로운 삶을 바라보아야 했다. 새는 알을 깨고 나오지 않으면 안 된다. 하기야 낯간지러운 아포리즘으로 이겨나가기엔 현장은 너무 각박했다. 그러므로 알이고 새고 간에, 이른바 죽기 아니면 살기였다. 그 해 안으로 신춘문예에 소설이 당선되지 못하면 이승에 하직을 고하리라 마음먹을 수밖에 없도록 나는 몰려 있었다. 죽음을 감행할 장소로는 제주 해협이 꼽혔다. 그렇다면, 어둠의 바닷속으로 아무도 모르게 사라지고 말 것이다. 그런데 여기에 아주 모호하게 보이는 시 한 편이 있다. 물론 그 당시의 증언이다.

비상砒霜을 머금고 시드는 마음처럼
잠 못 이루는 밤마다

먼 산동네 사내는

주린 아이를 위해 서속黍粟 한 됫박

그 몸에 지니고

녹슨 뇌를 어루만진다

슬픔에 맛들며

낡은 자루에 넣어온 삶

모두가 간 곳은 아득한데

어둠 속에서

보리쌀을 대끼듯 뇌를 대끼며

낟알을 헨다

거칠고 마디 굵은 손으로 만져야

불행도 제 값일진저

다들 어디서 어떻게 살고 있는가?

「빈자貧者의 자장가」라는 제목이 붙어 있지만, 구체적인 모습은 드러나지 않는다. 선명하고 명확한, 아름다운 선線의 시를 피해려는 버릇을 길들여온 때문일 것이다. 흔히들 추구하는 시를 떠나 나만의 길, '잡목' 우거진 길을 걷고자 한 내 독선. 그러므로 모든 정보는 나만의 암호로 표현되어 있다. 나락에 떨어진 나는 '산

142

윤후명
소
설

동네 사내'가 되어 매일 비상, 즉 독약을 머금은 것처럼 하루하루를 견디고 있었다. 내가 책임진 '주린 아이(들)'도 있었다. 그 예쁜 아이들에게 자장면 한 그릇 제대로 사주지 못한 어느 날의 상황이 떠오르면 나는 지금도 가슴이 죄여온다. 끼니를 간신히 때우는 생활은 '서속 한 됫박'으로 옛 빈곤의 이야기처럼 처리된다. 서속은 기장, 좁쌀이다. 좁쌀은 이어서 보리쌀로 오버랩되며, 그런 가운데 나는 '녹슨 뇌를 어루만진다', 새로이 소설을 쓴다. 소설을, 한 글자 한 문장 쓰는 행위는 곡식 낟알을 헤는 것과 같다. 보리밥을 짓기 위해서는 먼저 보리쌀을 물에 불려 손으로 문지른다. 이를 '대낀다'고 한다. 나는 백면서생에서 '거칠고 굵은 손'의 노동자가 되지 않으면 안 된다. 그래야 불행을 '제값'으로 쳐서 받아들일 수 있다. '다들 어디서 어떻게 살고 있는가?' 나는 외돌토리로 외롭고 괴로운 싸움을 벌이고 있었다.

그러니까 위의 시는 내가 소설가로 탄생하기 위해 몸부림치던 무렵의 상황을 읊고 있다. 나는 고등학교 때부터 시와 소설을 함께 쓰곤 했었다. 그러나 시에 몸바친 이래 소설에는 특별히 눈길이 가지 않았다. 다만,

신춘문예에 시가 당선되어 시인이 된 다음해에 소설을 응모한 적이 있긴 했다. 거기서 최종에 겨뤄 떨어진 뒤로는 한눈팔지 않고 시의 길을 걸어왔다. 그리고 첫 시집을 낸 뒤, 막다른 골목에서 소설가가 되는 배수진을 친 것이다.

쓰고 또 쓸 수밖에 없었다. 봉천동의 산동네, 숨이 턱에 닿는 시간들이었다. 그 무렵의 견디기 힘든 고비 고비를 나는 '모두가 간 곳은 아득한데/어둠 속에서/보리쌀을 대끼듯 뇌를 대끼며/낱알을 헨다'는 시 구절로 제법 의젓하게 남기고 있다. '보리쌀'의 생활과 '뇌'의 글쓰기를 병행하며 '낱알＝낱말'을 헤아리는 내 모습에 고통은 감추어져 있는 듯 보이기도 하지만, 제주 해협의 물결이 뇌리에서 떠나지를 않던 순간들이었다.

도대체 소설은 어떻게 쓰는 것인가? 소설가는 어떻게 되는 것인가? 내가 지금 쓰는 게 소설인가? 알 수 없었다. 내 삶에 이미 익숙해질 대로 익숙해진 시적 방법론이 문제인지도 몰랐다. 그렇다고 그냥 죽을 수는 없는 노릇이었다. 제주 해협의 밤배 갑판에 나는 서 있는 것이었다. 훨씬 뒤에 어느 철학자가 실종한 지 여러 날 만에 울릉도 근해에서 시신으로 발견되었는데, 제주 여객선에서 뛰어내린 사실이 알려졌다. 내가 소설가가 되지 못했더라면!?

첫 번째는 원고지 54매로 벽에 부딪혀 더 이상 한 줄도 나아갈 수가 없었다. 그것이 소설 쓰기였다. 누구에게나 특별한 숫자가 있듯이, 그 특별한 숫자의 나열이 인생이듯이, 54매의 좌절은 너무 암담해서 그 숫자는 아직 내 머릿속에 박혀 있다. 시쳇말로 나이가 숫자에 불과하다면, 결국 인생은 숫자에 불과한 것인가. 지금 소설 지망생들에게 '소설 쓰기는 쉽게 말해 매수 메꾸기'라고 가르치면서, 나는 망연히 '54'를 떠올린다.

두 번째 몸부림도 여지없이 실패였다. 내가 봐도 설득력이 없었다. 매수는 어떻게 어떻게 80을 넘겼으나, 눈물이 나도록 꾀죄죄한 몰골만 눈에 보였다. 거의 사력을 다해 밤을 지새며 지새며 쓴 결과였다. 술도 삼가고 있던 나는 달동네 언덕 아래 허름한 식당으로 내려가 혼자 탄식하며 막걸리를 마셨다. 새는커녕 '곤달걀'의 내가 그려졌다. 그렇다면 나는 소설을 쓸 수 없는가? 소설가가 되려 하는 것 자체가 오산인가?

아무런 해답을 얻을 수 없었다. 끼니를 잇기 위해서 출판사 임시직의 일도 놓아서는 안 되기에 시간은 절대 부족이었다. 그해 신춘문예에 당선하지 못 하면 모든 것은 '무無'라는 데드라인의 짓누름. 6월부터 매달렸는데, 9월에 들어서서도 한 편 건질 수가 없었다. 지난 당선작들을 비롯하여 명작들을 읽고 방법론을 옮겨 오려 해도 도무지 응용이 되질 않았다. 무엇인가 잘못되어 있음에 틀림없었다. 성립조차 안 된다는 사실을 직시하지 않으면 안 된다. 말하자면 처음부터 작품이 붙질 않는 것이었다. 지금도 소설을 가르치자면 '붙는다'는 말은 내게 키워드가 된다.

'붙는다'는 포괄적인 말을 한 마디로 설명하기는 여간 어렵지 않다. 그것은 우선 설득력이 있느냐, 형상화가 되느냐, 하는 등등으로 표현할 수 있겠지만, 그보다 더 육화肉化된 상태를 일컫는다. 또 다른 표현으로는 '녹는다'는 상태. 그리고 그것은 느낌으로부터 온다. 주체인 자기와 객체인 작품이 하나가 되는 상태. 그런데 나는 도대체 겉돌기만 할 뿐이었다. 소설 공부를 처음 하는 사람이 극복해야 하는 관문, 그것이었다. 이때 내가 만약 술에 의지했더라면 모든 것은 끝났을 것이다.

그렇다면 그 관문을 돌파하는 비결은 어디에 있었던가. 누구에게나 자기만의 방법론이 있을 수 있다. 그러나 나는 '비결'이 아닌, 가장 평범한 열쇠를 생각해냈다. 그것은 이미 널리 알려진 열쇠이기도 했다.

네가 가장 잘 아는 이야기를 써라.

나는 이 금언을 뒷전에 놓고 그야말로 '소설'을 쓰고자 하지 않았던가. 소설가는 소설을 쓰려 해서는 안 된다. 오직 진실을 쓰려 해야 한다. 교훈은 충분했다. 나는 내가 가장 잘 아는 이야기가 무엇인지 곰곰 뒤져보았다. 그것은 내가 살아온 역정 속에 있을 것이었다. 좁게는 내 개인 이야기, 혹은 넓게는 내 집안 이야기. 여기에 소설가는 추억을 파먹고 산다는 말이 적용된다 하겠다. 그러므로 소설가에게 경험이란 금맥이다.

안 되었다. '곤달걀'이 되어서는 안 되었다. 참새든 박새든 굴뚝새든 곤줄박이든 무슨 새든 일단 새는 되어야 하는 것이었다. 나는 다시 원고지 앞에 엎어졌다. 쓰고 또 쓰는 수밖에 없는 노릇이었다. 그러나 모방에 표절까지 동원해도 점점 알이 곯아가는 것만 더 잘 느낄 뿐이었다. 그런 어느 날 한숨을 몰아쉬고 있을 때였다. 한마디 말이 살같이 머리를 뚫고 지나갔던 것이다. 지나간 게 아니라 머리에 박혔던 것이다.

네가 가장 잘 아는 이야기를 써라.

여러 번 실패를 거듭한 끝이었다. 소설이라는 틀에 얽매여 그야말로 어거지로 '소설'을 만들려고 한 기본부터가 잘못되어 있는 게 아닐까. '소설'이 아니라 '내 소설'을 써야 하는 것이었다. 번쩍, 하는 섬광이 눈에 어렸다. 나는 내 고향의 이야기를 더듬기 시작했다. 태어남이 있었고, 전쟁이 있었고, 만남과 헤어짐이 있었다. 죽음이 있었다. 사랑과 미움이 있었고, 오랜 상처가 있었다. 과거와 현재, 시간과 공간이 얽혔다. 치유와 화해가 있었는가. 고향의 큰 산과 큰 바다가 눈앞에 펼쳐졌다.

쓰리라, 써야 하리라.

나는 꼭 써야만 할 것이 무엇인지 알 것 같았다. 그것은 내가 소설가가 되지 않더라도, 못 하더라도 꼭 써야만 할 것이었다. 삶을 전제로 한 어김없는 약속으로 쓰지 않으면 안 된다. 나는 볼펜을 그러잡았다. 그리하여 나는 「높새의 집」과 「산역山役」이라는 두 편의 단편소설을 완성했다. 첫 문장을 쓰는데, 벌써 붙는 맛이 달랐다. 이상하게도 이건 '필연적'이라는 생각이 들었다. 그러나 나는 서두르지 않고 원고지 칸칸에 꼭꼭 볼펜 자국을 눌러 나갔다.

1979년 『한국일보』 신춘문예 당선작인 「산역」은 전쟁과 함께 내 고향 큰 산과 큰 바다에 얽힌 어떤 사랑의 운명의 기록이다. 나의 태어남을 배경으로 삶의 어느 편린에 스며 있는, 고래의 부패한 내장에서 얻을 수 있는 용연향龍涎香 같은 사랑 이야기, 「산역」. 작품을 쓰고 나서 나는 허청거리는 발걸음으로 눈물을 줄줄 흘리면서 막걸리집으로 걸어 내려갔다.

응모할 때 나는 이어령 선생님이 단골로 심사를 도맡았던 신문을 피해야겠다고 판단했었다. 예전 출판사에서 『문장대백과』 일을 하면서 자주 만난 선생님의 눈으로는 내가 신인이 아니라 시인으로서 '구인'이 아니겠는가. 그리하여 고심 끝에 응모한 신문에, 그 해따라 선생님이 새로 심사를 맡았으니, 가히 운명이라는 말을 해도 좋을 듯싶다. 아닌게아니라 당선이 되어 인사를 간 내게 선생님은 말했다.

"어, 그게 자네였군. 잘 썼어. 그렇더라도 자넨 줄 알았다면 뽑지 않았을 텐데. 시인으로도 얼마든지 소설을 쓸 수 있으니깐."

이상한 축하에 나는 적잖이 당혹스러웠다. 시인으로 행세한 지 12년, 어려운 소설가 행보였다. 어떻게 써야 소설인지 몰라 광야를 헤매기도 몇 백 리, 아니 몇 천 리였던가. '심사평'에 '시적 감성'이 거론된 것을 보면 나는 여전히 시인으로서 소설을 썼음에 틀림없으리라. 그 동안 나는 문학뿐만 아니라 인생에서도 먼 이역異域을 떠돌아다녔다. 알코올을 휘감은 자멸파의 절규를 허공에 뿌리며 나는 내 생명을 압박하고 있었다. 그러나 이제는 글과 사투를 벌이지 않으면 안 되리라. 나는 문학이 내게 준 약속의 반쪽 거울을 품에 안고, 소설을 지도삼아 먼 길을 나서기로 한 것이었다.

소설을 시작하면서 나는 '늙어서도 젊어 있는 삶'의 자세를 언제까지나 지키겠다는 약속이었다. 나와의 약속을 지키는 일, 그것이 내 소설 쓰기라고 나는 거듭 서약했다. 그 가운데 내 오랜 화두가 올연히 똬리를 틀고 있다.

진실이란 무엇일까.

문학을 시작하면서 내내 머리를 떠나지 않는 물음.

5

소설가가 되고 특기할 일은 소설 동인지를 창간한 일

이었다. 강석경, 김상렬, 김원우, 김채원, 서동훈, 유익서, 유홍종, 이문열, 이외수, 정종명, 정소성, 황충상, 표성흠과 어울려 순수문학을 표방하고 창간한 「작가」가 그것으로, 몇 년 동안 다섯 권의 동인지를 내놓았다.

나의 소설가 생활은 생활이 아니라 그야말로 생존의 길을 걷지 않으면 안 되었다. 그러나 내게는 꼭 써야만 할 것이 있었다. 그것은 '나'를 주인공으로 삼는 소설로서만 가능했다. 그때만 해도 그리 보편적이지 않은 방법이었던 '나'를 앞세워 나는 내 길을 가기로 한 것이었다. 그리고 몇 십 년이 지난 지금도 '나'는 그 길을 하염없이 가고 있다. '동어반복'이 결코 낡은 방법이 아니기를 채찍질하면서 가야 하는 존재 탐구의 길에서, 나와 '나'는 어떻게 만나는 것일까. 이 집요함 때문에 나는 소설의 힘에 의지할 수 있고, 한 발짝 한 발짝 어려운 발걸음이나마 떼어놓을 수 있다. 고마운 노릇이다.

시인이 된 것은 물론 소설가가 된 것도 꽤 오랜 일이다. 그러나 나는 아직도 '늙어서도 젊어 있는 삶'을 뜻했던 젊은날을 잊지 않고 무슨 글인가를 쓰고 있다. 게

다가 얼마 전부터는 그림까지도 그리겠다고 애쓰고 있다. 2009년 화랑 '미술관 가는 길'의 '어머니 전'에 출품한 그림 「어머니와 나」는 화가로서의 데뷔작으로 기록해두리라 한다.

2007년은 두 개의 문학상을 수상한 해였다. '현대불교문학상'과 '동리문학상'. 둘 다 소설집 『새의 말을 듣다』가 대상작품이었다. 이제까지 나는 한국일보문학상, 현대문학상, 이상문학상을 비롯하여 여러 상을 받았으나, 이 두 상은 스스로 기념해두지 않으면 안 된다. 현대불교문학상은 불교와 관련하여 두 번째 상으로 특별한 보람이 되었으며, 김동리 선생님의 작품을 읽고 소설에 강렬하게 빠져들어간 경험이 나를 소설가의 길로 이끌었던 만큼 선생님의 이름으로 주어지는 상은 내 문학의 자리를 다시 한번 확인케 해주었다.

예전에 『가산불교대사림』을 편찬하는 지관스님을 뵙고 처음 절을 올렸는데 총무원장이 되어 시상함으로써 내게는 더 뜻이 새로웠다. 그리고 김동리 선생님의 소설들은 얼마나 든든한 우리 문학의 자긍심으로 내게 각인되어 있었던가.

어쨌든 한 해에 두 개의 문학상을 받은 것은 뜻밖의

일이었다. 그것은 또한 나로 하여금 '초발심'을 돌아보게 하는 일이기도 했다. 그것은 문학에 대한 나와의 약속을 지키는 일, 그것이 내 소설 쓰기라고 나는 거듭 서약했다. 그 가운데 내 화두가 올연히 똬리를 틀고 있다. 진실이란 무엇인가. 그것은 때때로 '사랑이란 무엇인가' 하는 모습으로 탈바꿈을 하기도 한다. 종국에는 '진실＝사랑'의 등식이 성립한다. '보리쌀을 대끼'며 '뇌를 대끼'면서도 나는 한 순간도 '진실＝사랑'의 화두를 저버린 적이 없다. 그것은 어떠한 타협도 불가하다는 명제를 전제로 한다.

그러므로 내 한 마디는 '마음 하나, 등불 하나'의 과정을 거쳐 '사랑의 마음, 등불 하나'가 된다. 세상이 아무리 변한다 해도 내가 켜든 등불 하나가 있다. 빛이 있으매, 있음이 있다. ✸

ㄴㅇ
ㄱㅎ
ㅁㅇ
ㅁ ㄹ
ㅇ
ㄴ

윤후명 소설 강의 - 나에게 문학이란 무엇인가

나에게 문학이란 무엇인가

이 고장 강릉 출신 생태학자인 최재천 선생님은 '통섭'을 내세워 새로운 바람을 일으켰습니다. 요즘의 모든 학문을 통섭이라는 '묶음'으로 이해하자는 뜻이라고 저는 받아들였어요. 하나하나의 이론이나 학문이 독립해서 있는 것이 아니라 연관되어 있다는 것이겠지요. 이 통섭을 생각하다가, 문학에 가져와서 쓸 만한 좀 쉬운 말이 없을까 하고 떠올린 낱말이 '연결'입니다. 통섭이라는 말보다는 쉽지 않을까 싶습니다. 그리고 늘 하는 버릇대로 이것을 소설에 적용해보기로 했습니다.

오늘날 이해하기 어려운 현상은 책은 안 팔리는데 소

설 쓰려고 하는 사람이 참 많다는 사실이라고 합니다. 이처럼 모순된 현상은 없지 않을까 싶은데, 이에 대해서는 사회학 쪽에서 어떤 연구가 있어야 할 듯싶습니다. 학교나 단체에서 문학을 가르쳐보면 예전과 확연히 다른 점은 문학사에 대해 도통 알려고 하지 않는다는 것입니다. 과거 문학을 모릅니다. 문학이란 새로운 작품을 쓰려는 것인데, 과거를 모르니 새로운 세계를 모르지요. 예전 문학인들을 이름조차 모르기 십상이고 관심도 별로 없습니다. 이런 바탕 위에 새로운 작품이란 나올 수가 없습니다.

아시다시피 얼마 전 한 신문의 단편소설 공모에 응모작이 1050명이나 되었어요. 1050대 1, 이 관문을 과연 누가 통과할 수 있는 걸까요, 2대 1이라도 힘들지 않습니까. 떨어지는 것이 당연하다고 생각합니다. 그런데도 소설을 쓰려고 합니다. 웬만한 사람들이 다 소설을 쓰려고 합니다.

그렇다면 그 돌파구가 있다고 여기는 무슨 근거가 있어야만 하지 않을까요? 무슨 가능성이 있어야만 하지 않을까요? 점에서 다시 한번 근본적으로 살펴보아야 할 것입니다. 여전히 하나의 물음이 있습니다. 소설이란 무엇인가? 하는 것입니다. 그런데 여기에 보이지 않는 하나의 벽이 있습니다. 흔히들 소설을 기존의 소설이라고 여긴다는 사실입니다. 우리가 소설을 기존의 소설이라고 한다면 그 사람은 1050대 1의 경쟁은커녕 2대 1의 경쟁도 뚫기 어려울 것입니다. 그러므로 그 어려운 관문을 돌파하자면 다른 돌파구로 나아가야 합니다. 즉, 기존의 돌파구가 아니라 자기 자신만의 돌파구를 택해야 한다는 것입니다. 그러면 그는 돌파구를 뚫고 나갈 수 있습니다. 그러자면 소설이라는 것 자체를 다른 소설로 만들어놓을 필요가 있습니다. 책이 팔리지 않는다는 말은 과거를 공부하지 않는다는 것입니다. 그러니 '새로운 소설'이 무엇인지 알기 어렵습니다. 그러니 돌파구가 어디에 있는지 찾을 수 없습니다.

흔히들 무슨 황당한 이야기를 '소설'이라고 일축하는 말을 듣습니다. 소설이 잘못 이해되는 경우의 답변입니다. 소설은 진실을 추구하는 것이니까요. 그러니까 소설은 무엇이라고 이름을 고정시킬 수 없는 무엇입니다. 그래서 오늘날 소설은 정형의 무엇이 있는 게 아니라 편의상 소설이라고 불러놓자 이런 겁니다. 소설이란 세상에 없고 '새로운' 소설만 있는 것입니다.

이 과정에서 소설은 순식간에 소설 아닌 것으로 변화를 일으킬 수도 있습니다. 순식간에 어려운 이야기가 되고 말았습니다. 어려워지네요. 저는 이런 내용을 이 대학 저 대학 다니면서 30년 동안 가르쳤습니다. 제가 여기서 소설을 말하고 있다 해도 그것 역시 '가령' 혹은 '이를테면'이라는 말이 앞에 붙을 수밖에 없습니다. 소설에는 법칙이란 없으니까요. 소설은 이렇게 쓴다는 매뉴얼이 만약 있다면 그것은 믿을 만한 게 못됩니다. 그런 게 없다는 걸 보여주는 글이 소설이니까요.

아까 '연결'을 얘기했으니, 다시 돌아가보겠습니다. 여러분이 소설을 쓰고자 할 때, 소설의 3대요소는 소재, 주제, 구성입니다. 간단하게 얘기해서 소재와 주제는 자기 것이니까 스스로 해결하면 되겠는데, 구성은 그렇지가 못합니다. 구성은 그 얘기가 잘 전달될 수 있게 어떻게 하면 남들이 잘 알아들을까 하는 방법입니다. 뭐 어려운 이야기가 아닙니다. 이에 대해 예전엔 '기승전결'이라고, 시작이 있으니 끝이 있어야 한다고들 쉽게 말했습니다. 그러나 요즘엔 좀처럼 기승전결을 쓰지 않습니다. 뭔가 다른 방법이 없을까 해서 순서를 뒤집어 놓습니다. 순서를 무시하는 이 방법이 오늘날의 구성입니다.

　지금 소설들은 그렇게 변해가고 있습니다. 굉장히 빠른 소설로 변해가고 있습니다. 우리 젊은 소설가들의 소설을 읽기 어렵습니다. 젊은이들이 쓰는 것, 이게 뭐야 하고 못 읽습니다. 과거엔 그런 소설 쓰지 않았습니다. 그러나 젊은이들이 그걸 쓰기 시작했습니다. 이렇게 쓰지 않으면 당선될 수 없습니다. 새로운 소설가는 새로운 방법론을 자기 것으로 내보여야만 합니다. 그러면 아무리 많은 응모자들이 있어도 자기 방법론은 빛나게 마련입니다. 그러나 이쯤해서 살짝 의문이 듭니다. 젊은 소설가들이 과연 과거를 알고 '과거와 다른 새로운' 소설을 쓰느냐 하는 것입니다. 부정적인 생각이 고개를 드는 걸 어쩌지 못합니다.

　이야기를 다시 구성과 연결로 가져가겠습니다. 어떤 것을 앞에 넣느냐, 뒤에 넣느냐, 적게 넣느냐, 많이 넣느냐 하는 구성이라는 문제에 연결이 필요하기 때문입니다. 기승전결의 구성이 아니므로 기와 승과 전과 결 사이에 연결이 필요하다는 논리가 됩니다. 쉽게 말해 여러 가지 메모를 카드에 적어 늘어놓았는데 그 사이사이에 연결이 필요하다는 말이 되겠습니다. 카드와

카드 사이에는 어떤 틈이 있게 마련입니다. 그 사이는 연결이 안 되어 있지요. 이 사이를 메꾸어야 소설이란 게 되겠지요. 연결입니다. 이 연결이 바로 소설쓰기입니다. 그 연결 글 속에 자기가 하고 싶었던 이야기를 적어넣습니다. 자기의 인생론, 철학 등이 다 들어갈 수 있습니다. 에피소드며 가지치기 등도 여기에 집어넣을 수 있습니다. 그러면 매우 풍요로운 소설이 되겠지요. 새로운 소설이 눈에 보이는 듯합니다.

제가 다른 곳에서 얘기했듯이, 강릉을 오가면서 뭔가 새로운 작업을 해야 되겠다, 그래서 소설 제목도 '강릉'을 붙여서 전집의 첫 번째 책을 냈습니다. 강릉이라면 어려서 전쟁이 한창때 집 앞에서 매일 시가전이 계속되고 아침에 일어나면 사람이 죽어 있고 시체가 쌓여 있고, 그래서 학교를 다니지 못해 아쉽습니다. 그 옛날의 나를 찾아서 지금 이 자리에, 불과 여기서 이삼백 미터 됩니다만 지금 여기 앉아서 이러고 있는 것이 저는 참으로 감격스럽지요. 오래전 옛날의 나를 찾아서 꼬투리를 붙들고 여러분과 함께 강릉이란 무엇일까 이렇게 묻고 있는 것이죠. 앞으로 살 날이 얼마나 남았는지 모르지만 몇 글자라도 옛날의 나를 찾아가는 발걸음을 써서 남겨야겠다고 생각합니다. 어렸을 때부터 죽는 날까지 쓰겠다는 작가가 되겠다는 약속을 지켜가며 가장 늦게 온 기회라고 생각합니다.

제가 아주 좋아하는 작가가 있어요. 『자기 앞의 생』이라는 작품으로 알려진 로맹가리입니다. 이 사람의 대담집을 우연히 며칠 전에 보고는 깜짝 놀랐어요. '작가가 독자에게 줄 것은 진실이 아니다'라고 말하고 있는 거예요. 놀랄 수밖에 없었죠. 저는 그토록 어려워했던 진실을 독자에게 주는 것이라고 생각해왔는데 작가는 진실을 주는 것이 아니라고 하니 말입니다. 그럼 작가란 무엇일까? 그는 진실이 아니라 환상, 환타지를 주는 것이라고 했어요. 진실을 준다는 말은 들어보았으나 환상을 준다는 말은 잘 듣지 못했습니다. 내가 과연 환상을 줄 수 있을까. 저는 한 대 얻어맞은 것 같았습니다. 예전엔 진실 때문에 괴로웠습니다. 그 진실 위에 환상이 떴습니다.

그렇다면 소설은 연결이라는 방법을 통해서 환상을 만들어내는 것이라고 말해도 좋을 것입니다. 그러나 우리는 한 걸음 더 디테일 쪽으로 들어가야 하겠습니다. 즉, 문장을 먼저 더듬어보아야 하겠다는 것입니다. 여기에 '소설은 문장이다'라는 대전제가 있습니다. 너무나 당연한 이 말이 천금만금으로 버티고 있습니다.

자, 소설의 첫 문장을 쓰기로 합니다. 첫 문장이란, 무엇보다도 어렵습니다. 그러니 단번에 예를 들고 말하겠습니다. 예전에 최인호 소설가의 글에게서 배운 건데 그는 우선 '참으로 이상한 일이었다'라고 쓰라고 권합니다. 어? 이게 첫 문장? 그렇습니다. 그리고 뭐가 이상한 일인지 쓰면 된다는 것입니다. 뭐가 이상한 일인지 꼬투리를 잡아 계속 연결하면 된다는 것입니다. 기억들의 연결이야말로 소설에 빛남을 주는 거겠지요. 기억들이 끊어져 있다면 그 사이의 연결이야말로 진정 소설을 본질에 다가갈 기회가 되는 거겠지요. 이 연결의 틈새 어디에서 환상은 자기도 모르게 살아날 것입니다. 조금만 더 위험을 무릅쓰고 말하면, 이 연결 부분이 소설의 본체이기도 하다는 것입니다. 이것이 현대 소설 그 자체가 된다는 사실!이야말로 '참으로 이상한 일'이라고 해야겠습니다. 연결은 '꼬투리 물기'입니다. 그러면 틈이 없습니다. 틈이 있으면 소설이 느슨합니다. 이토록 짜임새가 있게 나아가 80매에서 끊으면 소설은 완성입니다.

　무척 어려운 문제를 간단하게 말했습니다. 쉬운 일이 아님을 알고 있습니다만, 잘해 나가자면 연마가 필요합니다. 읽기와 쓰기가 필요합니다. 그렇다면 소설은 '이러저러한 것'이라고 정의를 내린 책이 꼭 소용되는 것일까요? 그렇지는 않다고 저는 말합니다. 소설에 대해 쓴 책은 분명히 과거의 소설을 설명한 것입니다. 틀림없습니다. 과거 소설의 공통분모를 뽑아 놓은 것입니다. 새로운 소설은 아직 그것을 뽑을 수는 없습니다. 새로운 소설이란 지금 현재 씌어지는 것이니까요. 그러므로 '소설이란?' 하는 질문의 답은 '과거 소설이란?' 하는 질문의 답이 될 수밖에 없습니다. 과거 소설이란 이러이러한 특징을 가졌구나 해서 써 놓은 것이 '소설이란' 하고 써놓은 책들입니다. 그러니까 소설이란 현재의 새로운 소설을 씀으로써 모색해가는 수밖에 없습니다. 그러므로 지금 최근의 소설, 어렵습니다. 새로운 소설들입니다. 그래서 지금 여기서 우리가 공부하는 것은 어떤 소설을 쓰는 것이 새로운 소설일까 토론하는 과정에서 나오는 어떤 소설입니다. 앞으로 나오는 것들이 무엇인지 모르니까요. 뭐라고 얘기할지 아무도 모르니까, 우리의 미래를 우리가 만들어 내야 합니다. 우리의 미래는 지금 우리가 쓰는 소설 그 자체에 있습니다.

문화는 피라미드를 가지고 있습니다. 밑에 있는 사람은 맨위에 있는 사람을 모릅니다. 맨밑에 있는 사람은 단지 바로 그 위에 있는 사람만을 압니다. 밑에 사람은 한두 층만 넘어가면 그 위를 모릅니다. 맨밑에 있는 사람이 맨위에 있는 훌륭한 사람을 모릅니다. 이것이 문화의 특징입니다. 맨위에 올라가면 정점입니다. 이 사람이 무엇을 하는지 맨밑에 사람은 모릅니다. 바로 그 밑의 사람만 알아봅니다. 역시 '아는 만큼 보인다'는 말을 써야겠습니다. 인류학은 쉽게 되는 것이 아닙니다. 피라미드 구조로 문화가 당당하게 서 있는 것입니다.

다른 곳에서 얘기했듯이 강릉을 드나들면서 뭔가 새로운 작업을 해야 되겠다. 그래서 소설 제목도 '강릉'을 붙여서 냈습니다. 어제 시장님도 그것을 강조해 주어서 고마웠습니다. 제가 그동안 강릉에 멀리 있던 마음이 이제 뭔가 기여를 해야 되겠다는 적극적인 자세를 갖추는 것입니다. 강릉이라면, 어려서 전쟁 말에 떠나왔지만, 그때 따발총 소리를 들으면서 겪은 기억이 사이사이 남아 있습니다. 그 기억들이 저쪽 사거리 중심가, 읍사무소 앞, 시장통으로 흩어집니다. 그때 어머니가 담배가게를 하셨는데 그래서 내가 지금도 담배를 못 끊고 있는지 모르죠.(웃음)

저는 지금 그 마을에 다시 찾아왔습니다. 그런 비극, 슬픔이 그 안에 다 있지요. 살아 있어서 그 옛날의 나를 찾아서 이 자리에, 불과 여기서 이삼백 미터 됩니다만, 지금 여기 앉아서 이러고 있는 것이 저는 참으로 감격스럽지요. 그 오래전 옛날의 나를 찾아서 꼬투리를 붙들고 여러분과 함께 강릉이란 무엇일까 이렇게 묻고 있는 것이죠. 이것을 소설에 썼고, 또 쓸 것입니다. 문학한 지 50년이 지났다고 하지만 더 오래전에 있었던 나를 생각하게 됩니다.

처음에 저는 시를 먼저 썼습니다. 시를 쓰는 인생을 꿈꾸었습니다. 그러다가 어떤 운명으로 소설을 쓰게 되었습니다. 지금은 시와 소설을 함께 합니다. 아무려나 여러 가지로 고맙습니다. 특히 시와 소설을 함께 쓰는 풍토가 거의 없는 나라에서 마치 개척하듯이 그 길을 가고 있다는 자부심도 느낍니다. 이것을 강릉이 제게 준 선물, 인생의 선물이라고 받아들입니다. 이제 얼마나 남았는지 모르지만 몇 글자라도 옛날의 나를 찾아가는 발걸음을 되새겨보며 이 고장에 살았던 나라는 존재의 그림자라도 그려놓아야겠다고 생각합니다. 어렸을 때부터 죽는 날까지 글을 쓰는 작가가 되겠다는 약속을 지켜가며 강릉에 오게 된 것을 마지막 기회라고, 축복이라고 생각합니다. ✐

1946년 강원도 강릉에서 태어났다.

1967년 『경향신문』 신춘문예에 시 「빙하氷河의 새」가 당선됨으로써 시인으로 입신했다. 그로부터 신춘문예 당선 시인들의 모임인 '신춘시'에 작품을 발표하다가 시 동인지 『70년대』의 창간 동인으로 활동하면서 시인에의 길에 본격적으로 들어섰다.

1977년 그 동안 여러 출판사들을 전전하며 써 모은 시들을 엮어 시집 『명궁名弓』을 문학과지성사에서 펴냈다. 개인적으로 문학적 성과이기도 한 이 시집은, 그러나 또한 문학적 갈증을 유발시켰고, 소설에의 길을 모색하는 계기가 되었다.

1979년 『한국일보』 신춘문예에 단편소설 「산역山役」이 당선됨으로써 소설가가 되었고, 이듬해에 다니던 출판사를 그만두고 소설가로서의 삶만을 살기로 결심했다.

1980년 소설 동인지 『작가』의 창간 동인이 되었다.

1983년 거제도 체류. 중편소설 「돈황敦煌의 사랑」으로 녹원문학상을 수상했고, 동명의 표제작으로 첫 소설집을 문학과지성사에서 펴냈다.

1984년 단편소설 「누란樓蘭」(뒤에 「누란의 사랑」으로 개작)으로 소설문학
　　작품상을 수상했다.

1985년 단편소설 「엉겅퀴꽃」과 「투구게」를 중편소설 『섬』으로 개
　　작, 한국일보문학상을 수상했다. 소설집 『부활하는 새』를
　　문학과지성사에서 펴냈다.

1986년 단편소설 「팔색조」(소설집에는 「새의 초상」으로 수록), MBC 베스
　　트셀러 극장에서 드라마 방영.

1987년 산문집 『내 빛깔 내 소리로』를 작가정신에서, 중편소설 문
　　고 『모든 별들은 음악소리를 낸다』를 고려원에서 펴냈다.

1988년 중편소설 「높새의 집」이 국제 펜 대회 기념 『한국 소설집』
　　에 번역(서지문 역), 수록되었고, 『모든 별들은 음악소리를
　　낸다』가 무용가 김삼진에 의해 호암 아트홀에서 공연되었
　　다.

1989년 소설집 『원숭이는 없다』를 민음사에서 펴냈다.

1990년 장편소설 『약속 없는 세대』를 세계사에서, 문학선집 『알함
　　브라궁전의 추억』을 도서출판 나남에서 펴냈다.

1992년 장편소설 『협궤열차』를 도서출판 창에서, 장편동화 『너도
　　밤나무 나도밤나무』와 시집 『홀로 등불을 상처 위에 켜다』
　　를 민음사에서 펴냈다.

1993년 『돈황의 사랑』이 프랑스 출판사 악트 쉬드Actes Sud에서 번
　　역(최윤 역)되어 나왔다.

1994년 중편소설 「별을 사랑하는 마음으로」로 현대문학상을 수상
　　했다.

1995년 중편소설 「하얀 배」로 이상문학상을 수상했다. 연세대학교, 동국대학교 국문학과 강사(~1997년).

1997년 소설집 『여우 사냥』을 문학과지성사에서, 산문집 『곰취처럼 살고 싶다』를 민족사에서 펴냈다.

1999년 단편소설 「원숭이는 없다」가 독일에서 나온 『한국 소설집』에 번역(안소현 역), 수록되었다.

2001년 추계예술대학교 문예창작과 겸임교수가 되고(~2003년), 소설집 『가장 멀리 있는 나』를 문학과지성사에서 펴냈다.

2002년 중편소설 「여우 사냥」이 일본의 이와나미문고에서 나온 『현대한국단편선』에 번역(三枝壽勝 역), 수록되었다.

2003년 산문집 『꽃』을 문학동네에서 펴냈다.

2004년 2005년 독일 프랑크푸르트 도서박람회 주빈국(한국) 출품 도서 '한국의 책 100선'에 『돈황의 사랑』이 우리 소설 16편 중 하나로 선정되었다.

2005년 장편소설 『삼국유사 읽는 호텔』을 랜덤하우스중앙에서 펴냄과 함께 『돈황의 사랑』을 『둔황의 사랑』으로(문학과지성사), 『이별의 노래』를 『무지개를 오르는 발걸음』으로(일송북) 제목을 바꾸고 여러 곳 손을 보아 다시 펴냈다. 프랑크푸르트 도서전을 계기로 독일 순회 낭송회에 참가, 본 대학과 뒤셀도르프 영화 박물관에서 작품을 낭송하고 해설하는 행사를 가졌다. 『The love of Dunhuang(둔황의 사랑)』(김경년 번역)이 미국 CCC출판사에서 나왔다.

2006년 『敦煌之愛(둔황의 사랑)』(번역 왕책우)이 중국에서 나왔다. 국민

대학교 문예창작대학원 겸임교수. 시와 소설 그림집 『사랑의 마음, 등불 하나』를 랜덤하우스중앙에서 펴냈다.

2007년 단편소설 「촛불 랩소디」로 제12회 현대불교문학상을 수상했다. 소설집 『새의 말을 듣다』를 문학과지성사에서 펴내고, 이 책으로 제10회 동리문학상을 수상했다.

미　술　'티베트의 길, 자유의 길 전'(헤이리 '마음등불').

2009년 중국 베이징 주중 한국문화원 개원 2주년 기념행사 '한중작가 사인회(중국작가 장편 『인민을 위해 복무하라』의 閻連科)와 미국 LA 한인문인협회 세미나에 참가(강연)했다. 문학 그림집 『지심도, 사랑을 품다』를 펴내고(교보문고), 전시회와 낭독회(거제도)를 가졌다.

미　술　'독도 전'(전국순회전), '어머니 전'(미술관 가는 길), '구보, 청계천을 읽다 전'(청계천 광장, 부남미술관).

2010년 한국소설가협회 부이사장이 되고, 중국 난징(난징대학)과 타이완 타이페이(정치대학) '한국문학포럼'에 참가. 산문집 『나에게 꽃을 다오 시간이 흘린 눈물을 다오』를 중앙북스에서 펴냈다.

미　술　'문인 자화상 전'(신세계갤러리), '한국의 길-제주 올레 전'(제주현대미술관, 포스터 채택), '이상, 그 이상을 그리다 전'(교보문고, 부남미술관, 선유도), '조국의 산하전'(헤이리 '마음등불'), '한국, 중국, 오스트리아 교류전'(헤이리 아트팩토리).

2013년 제4회 만해 님 시인상 작품상 수상.

2017년 연문인상(연세대) 수상.

2021년 제62회 3 · 1문화상 예술상 수상.

2022년 동인지 『고래』를 문학나무에서 펴냄.

현　재 '문학비단길' 고문, 계간 『문학나무』 편집고문.

윤후명 제자 - 스승 문장으로 그리다

스승 문장으로 그리다

봄길 앞에 서서 _ 김현주 소설가

　방을 찾아서 길을 떠났던 일의 끝에 찾은 곳이 바람이 들어오는 작은 공간이었고 그곳이 선생님의 작업실의 시작이었다는 글을 읽은 적이 있습니다. 그때 저는 세상의 공기 속에서 자신만의 공기 청정기가 필요한 사람이 있다는 것에 큰 위로를 받았습니다. 떠오르는 문장과 단어를 무심히 지나친 적이 있다며 자신을 채근하는 모습에 선생님은 글 자체구나 하는 생각도 했습니다. 글 속에 나온 작은 소품도 제 역할을 해야 한다는 말씀에 글이 아니라 인생도 그리 살아야 한다고 하시는 것 같았습니다. 인생이 단것만 있는 것이 아니니 숨겨진 것들이 쓰더라도 글 속에 드러내라고 말씀하셨을 땐 더 이상 도망 다니지 말라고 일침을 놓아 주시는 것 같았습니다. 가장 무거운 마음속의 이야기를 하기 위해 필요한 것은 단 하나. 볼펜 한 자루뿐.

준비물로 볼펜 한 자루만 있으면 할 수 있는 일이 소설이지만 쓸수록 쉽지 않다고도 말씀하셨습니다. 그 쉽지 않은 길을 오랜 시간 묵묵히 길을 내어주셔서 감사합니다.

섬과 같은 선생님 _ 김혜나 소설가

문학을 공부하기 위해 대학에 들어갔으나 정작 기대하던 창작 강의를 찾아볼 수 없어 좌절하고 있던 나는 우연히 신문에서 윤후명 소설가의 창작교실 기사를 읽었다. 그러고는 무작정 문학비단길 강의실을 찾아가보았다. 종로에 위치한 낡은 건물의 후미진 공간에서 윤후명 선생님은 담배를 뻑뻑 태우며 나에게 왜 왔느냐고 물으셨다. 나는 그저 소설을 쓰고 싶다고 대답했다. 지금도 그 말을 떠올리면 왠지 모르게 마음 울컥해진다. '소설을 쓰고 싶다.' 선생님은 더 이상 아무것도 묻지 않고 그저 담배만 태우셨다. 그때는 몰랐다. 선생님이 왜 아무 말도 하지 않는지, 그가 하지 않은 말 속에 얼마나 많은 말이 담겨 있는지.

"이야기는 만드는 게 아니라 엮는 것이다. 하고 싶은 말을 끝까지 하지 말아야 한다. 울고 싶어도 울지 마라. 눈물은 작가가 아닌 독자가 흘리는 것이다. 독자가 소설 속 공간에 가보고 싶도록 묘사해라. 이야기는 좋은데 제대로 엮이질 않아서 소설이 안 되는 거다……."

선생님의 언어는 저 멀리 점점이 떠 있는 섬처럼 내 안에 남은 모양이다. 망망대해에서 항해중일 때는 그 섬이 보이질 않아 어디로 가야할지 모르다가도 어느 순간 해무가 걷히고 물길이 열리면 그 안에 갇혀 있던 섬들이 찬란하게 드러난다. 그리고 이제는 선생님의 그 존재가 마치 섬처럼 내 안에 떠오른다.

선생님이 날린 파편 _ 류담 소설가

초등학생 때였다. 하천가를 걷는데 물이 엄청나게 불어 있었다. 나는 계단으로 이어진 아래로 내려갔다. 허섭스레기가 박혀 있던, 널린 돌멩이들이 말끔한 민낯을 드러냈다. 평소 발목을 간질이던 수위가 무릎을 덮을 만큼 높았다. 건너편으로 이어진 징검돌이 드러나다 말다 했다. 나는 집과 반대쪽으로 이어진 돌덩이를 하나씩 밟았다. 돌머리 사이를 빠져나가는 물살이 소용돌이쳤다. 나는 네 번째 돌에 멈추었다. 거친 물살이 나를 에워쌌다. 돌과 물이 함께, 따로, 회전했다. 눈과 발이 엇박자를 내었다. 얼결에 발을 떼었다가 그대로 곤두박질쳤다. 흠뻑 젖었을 뿐 다치지는 않았다. 나는 젖은 원피스 자락을 짜며 돌아섰다. 그 여름 거센 물살과 징검돌이 새겨 있다.

처음 소설을 배울 때 윤후명 선생님이 얘기했다. 소설은 문장입니다. 징검돌 같은 말이 내게 박혔다. 수업 뒤 뒤풀이에서 이어진 대화가 장마 뒤의 개울물처럼 불어났다. 날카로운 정수가 물비늘처럼 튀었다. 나는 귀를 바싹 세웠다. 취기 실린, 소용돌이치는 말에 나는 빠졌다. 그때 박힌 에스프리가 지금을 받친다.

선생님이 날린 파편을 발판 삼아 오늘도 막막한 강을 건넌다. 요술처럼 튀어든 징검돌을 디디며 물처럼 유연한, 때로 소용돌이칠 문장을 그린다. 전체를 장악해야 합니다. 단어나 조사에 따라 미묘하게 달라질 흐름을 살핀다. 어느 것 하나 녹록지 않다.

징검돌을 놓아주신 윤후명 선생님.

고맙습니다. 건강하세요.

아련한 그리움, 강릉 _ 박성규 시인, 소설가

선생님의 작품에 강릉이 나오는 것은 그리 낯설지 않다. 사랑하는 고향이니 말이다. 그러나 그 사랑은 어쩌면 아련한 그리움일지도 모른다. 너무 일찍 고향을 떠나야 했고(일곱 살 무렵) 늦은 귀향이었기 때문인지도 모른다. 고향의 후배 문인들과 마주한 것은 2016년 어느 문학 특강에서였으니 많이 늦은 맞선이었다. 소소한 만남이야 그전에도 있었겠지만, 대중과 만남이 그랬었다. 6·25전쟁으로 인해 고향을 떠나야만 했던 이야기를 조용하게 시간을 한참 뒤로 돌려놓으시던 모습이 지금도 선하다. 그 무렵 선생님은 고향을 위해 소설 창작 프로그램을 운영하고 있었다. 시를 쓰던 나는 제자가 되었고 지금은 소설을 쓰고 있다. 강릉을 멀다 않고 오셔서 하던 강의였다. 뒤풀이로 용강동 시장 좌판에서 감자 부치기에 막걸릿잔을 나누던 자리가 참 쏠쏠했었는데, 벌써 희수를 맞는다니 유연의 아련한 감성이 다시 그리움이 되리라.

"선생님, 언제 용강동 시장에서 감자 부치기에 막걸리 한잔하셔야지요……. 희수를 축하드립니다."

곱고 하얀 얼굴의 동갑내기 친구는 _ 박찬순 소설가

재학 중 등단해 나를 주눅 들게 했다. 고운 눈매 속에 어떤 치열함이 끓고 있는지 알지 못한 채 그를 시샘했었다. 어른이 된 지금도 그것은 여전하다. 그의 손이 닿았다 하면 스산한 우리의 만남은 천세불변의 사랑이 되고, 인사동에서 건진 푸른 돌멩이는 모래바람 속에 천축을 오가던 혜초의 발자국 소리를 들려주기에.

샘 _ 배이유 소설가

얼음에 싸인 불

불에 싸인 얼음

부드러운 대나무
마디 있는 시선
조용하고 나직한 새의 말
섬세한 표정을 가진 손
호르비츠의 Traumerei
막 쥔 손금 두뇌선과 감정선이 하나인 원숭이
원숭이는 있다 없다
늙지 않는 소년
노인과 소년의 야누스

앵무새 학당에 오신 것을 환영합니다
사랑에 목마른 이만 자격 있어요
영혼을 보여주세요
사랑의 복음을 전파하겠어요
일용할 사랑을 주시옵고 문학 안에 사랑이 임하게 하
옵시며
늘 사랑으로 새롭게 하소서

자, 사랑합시다

신은 이런 방식으로 _ 안영실 소설가

내 서랍 속엔 협궤열차가 있다. 30년 전 은행에 근무할 때 나는 선생님의 『협궤열차』 책에 홀려있었다. 모든 것을 잃고 절망했던 때였는데, 이상하게도 달그락달그락 소리가 들렸고 용암은 끓었으며 나는 어찌할 바를 몰랐다. 어느 날 갑자기 창구 앞에 선생님이 나타나셨을 때, 짜잔! 심벌즈가 엄청난 소리를 냈다. 러시아 여행에 필요한 환전을 하러 오신 선생님과 사모님을 만났던 그날을 잊을 수가 없다. 선생님이 소설창작반에서 공부하라고 하셨을 때 나는 신은 이런 방식으로 나를 살리시는구나 싶었다. 선생님이 들고 계셨던 제라늄의 붉은 그 꽃이 서럽게 고왔기에 나는 목이 메었다. 내 문학의 지점에 늘 함께 계셨던 선생님의 협궤열차는 오늘도 달그락거리는 소리로 나를 깨우신다. 이 사람아, 때가 되었네. 용암을 드러내게.

비단길 위에서 _ 양진채 소설가

1995년 겨울, 사진 속 부드러운 눈빛은 아마빛으로 물드는 마가리를 향해 있습니다. 젊어서도 늙어 있는 삶을 꿈꾸던 당신은 늙어서도 젊어 있습니다. 그때로부터 멀리 왔고, 깊어진, 그러나 그대로인 당신에게 개양귀비 들판에서 인사를 건넵니다. 안녕하십니까.

그동안 써온 모든 소설은 단 한 권!

'나'를 뒤뚱거리는 협궤열차에 태워 나문재 선홍빛으로 물들던 갯가와 고비 사막의 둔황으로 이끌던 당신은 독보적 스타일리스트입니다. 그 길에는 거위의 알을 품고, 거위의 울음소리를 내며 외로움을 그리움으로 바꾸는 엉겅퀴가 보랏빛으로 가득합니다. 당신, 거기 계십니까.

선생님의 환영사 _ 유연희 소설가

"뭐? 부산서 왔다고? 아니 소설 쓰는 거, 그거……
뭐 배울 거 있다고 예까지 오나? 쯧쯧."

선생님은 술에 취해 있었고 – 아마 금주를 시작하기 전이셨나 보다 – 인사를 드리자 딱하다는 듯 혀를 차셨다.

멍청한 나는 바로 낙담했다. 아 그런가하고. 사실 나의 서울행은 고심에 찬 결행(?)이었다. 당일치기로 부산에서 서울로 소설공부 하러 다니는 것은 체력면에서도 무리였다. 그런데 첫 대면에서 선생님의 환영사(?)가 저러셨으니 낭패였다. 첫 수업의 내용은 하나도 기억나지 않는다. 학당으로 가는 골목과 낡은 교실, 복도 등에 대한 인상은 선명하지만.

수업을 마칠 즈음이었다.

"근데 말이야. 사실 학교에 가도 뭐 배운 게 있나. 그래도 가방 들고 왔다 갔다 한 거, 그게 공부더라고."

돌아서는 내게 툭, 말을 던지셨다. 웃음이 나왔다. 선생님은 아무리 취중이여도 핵심을 놓치지 않았고 무심한 어투 속엔 섬세함과 영민함이 번득이는 분이셨다.

스킨십이야 _ 이평재 소설가

오래 전, 스승님께서 소설작법 책 원고작업을 한 적

이 있었어요. 저 역시 몇몇에 섞여 책 안의 예시 글을 써 드렸고, 제작만 남아 있는 단계였지요. 그 당시 저는 우리 선생님의 이 책만 나오면 세상의 소설작법 책들은 다 죽었어, 하는 마음이었지요. 그런데 아무리 기다려도 책이 나오지 않는 겁니다. 그렇게 세월이 흘렀고, 언젠가 슬쩍 그 책은요? 하고 스승님께 여쭤보았어요. 그러나 스승님의 대답에 저는 얼굴이 화끈거렸지요. 고개도 숙여지고 마음도 한없이 쪼그라들어 이십여 년 소설을 가르치고 있는 지금까지도 부끄러워하고 있지요. 물론 작법 책을 추천해달라는 학생들에게는 스승님을 통해 깨달은 바를 그대로 전하고 있습니다. 소설은 스킨십이야! 책으로 배워서 될 게 아니라는 거지요.

아!, 선생님 _ 이희단 소설가

한글 한 글자 한 글자에 매달려 소설을 써야 한다는 선생님, 인생은 한 권의 아름다운 책이어야 한다는 선생님, 구슬도 꿰어야 보배이듯이 에피소드들을 연결하여 소설을 구성해야 한다는 선생님, 문장의 기술보다는 소박하고 진실한 글들이 독자의 마음에 더 깊이 들어가니 그런 소설을 써야 한다는 선생님, 소설가로서의 마음가짐이 중요하다는 선생님, 소설을 오래 쓸 수 있는 방법을 가르쳐 주는 선생님, 아무리 어렵더라도 포기하지 말라는 선생님, 소설은 자기의 체계를 세우는 일이라는 선생님, 인생은 내 삶의 소설쓰기라는 선생님, 교수란 호칭보다 선생님이란 말을 더 좋아한다는 선생님, 한국 소설을 염려하고 근심하시는 선생님, 이 모든 것을 가르쳐 준 선생님, 아아, 선생님! 사랑하고 존경합니다.

꽃을 보여주는 스승 _ 정승재 소설가

"지금 어디요?"
"네, 양평인데요……."
"집으로 오시오."
"네? 선생님…… 지금 양평인데……."
양평에서 겨울을 만끽하고 있던 나에게 선생님은 느

닷없이 전화를 하셔서 당장 평창동 선생님댁으로 오라는 말씀이셨다. 입춘이 막 지났지만, 봄이 오려면 아직 한참을 기다려야 되는 2월 초순이었고, 경기도 양평에서 서울 평창동까지는 먼 거리였다. 게다가 나는 목욕탕의 뜨거운 물에 몸을 반쯤 담구고 선생님의 소설『모든 별들은 음악소리를 낸다』를 읽고 있었다. 솔직히 따뜻한 물에 담근 몸을 차가운 세상으로 꺼내들기 싫었다. 그렇게 나는 양평이라는 사실을 강조하고 있었다.

"아, 글쎄 오라면 오지, 왜 그래요?"

할 수 없이 평창동 선생님 댁에 도착했을 때, 선생님은 맨발로 슬리퍼를 신고 나와 내 손을 잡고 2층 서재로 가셨다. 그리고 창틀 밖 화분, 눈 속에 핀 복수초를 가리키며 말씀하셨다.

"이거 봐요, 봄이에요. 복수초가 피었잖아?"

고래의 귀환 _ 정태언 소설가

십여 년 전, 강릉에서 열린 윤후명 선생님의 강연 내내 무거운 분위기가 강당을 휩쌌다. 강릉을 떠나신 뒤

높새바람이 할퀴고 간 시절들 때문이었을까. 그날 밤, 경포 바닷가에서 온몸으로 파고들던 소리가 있었다. 꾸르릉-꿍, 꾸르릉-꿍. 그 소리는 오래도록 남았다. 몇 년 뒤 윤 선생님과 함께 한 거제 지심도 선착장에서였다. 바다 한가운데 떠있던 커다란 물체. 누군가 고래라 했다. 미동 없던 고래는 금방 수면을 박차고 오를 것 같았다. 순간 경포의 그 소리가 파도소리가 아니란 생각이 들었다. 아주 가까이서 고래가 포효하던 소리는 아니었을까.

그렇게 거대한 고래는 내 앞에 나타났다. 이제 강릉에 가면 높새바람을 거슬러 올라와 여유롭게 유영하는 그 고래를 늘 만날 수 있다.

우리, 무인도로 갈까? _ 최규익 소설가

군산이었다. 문학기행 길이었고 그곳의 무슨 근대 체험 박물관이었던 것 같다. 윤후명 선생님과 나는 검은 치마와 흰 저고리로 갈아입은 소설 쓰는 여자들과 나란히 앉아 사진을 찍었다. 그때 윤샘이 말했다. "우리,

무인도로 갈까?" 그녀들은 좀 놀랐는지 아무 말이 없이 검은 치마와 흰 저고리만 벗어놓았다. 아직, 막배가 끊길 시간은 아니었다.

선유도행 여객선에는 소설 쓰는 여자들과 시 쓰는 남자들이 모두 모여 환하게 웃기만 했다.

배는 서해 깊숙이 소리 없이 나아갔다. 10여 년째.

그 새 67세이던 윤샘은 어느덧 77세가 되었다. 몸도 좀 작아졌다. 조금 하얗게도 되었다.

그는 배 위에서 무언가를 자꾸 그렸다. 파란 돌도 그리고, 살아있는 보라색 보석, 엉겅퀴도 그렸다. 잉카의 마추픽추도 그리고 티벳의 산과 탑을 그리고, 어느 땐 체게바라와 그의 담배도 그렸다. 배는 지금도 서해 너머로 조용히 나아가고 있다.

선유도와 격렬비열도는 예전에 이미 지나쳤다. 산둥반도 따위도 다 지나쳤다.

밤이 깊고, 별도 져 내리는 밤이 오면 그는 다시 흰 돌 같은 별을 그리고 싶어질지는 모르겠다. 소설 쓰는 여자들과 시 쓰는 남자들의 환한 웃음도 이젠 물 얼룩처럼 남았다.

그의 무인도는 어디 있나?

혹시 그와, 사람들의 웃음 그림자만이 남아있는 이 배가 어쩌면 그의 무인도일까?

그러자 그의 무인도 한 복판으로 그가 걸어가는 게 느껴진다. 바람이 불고 그는 조금 더 가벼워진다. 흰 새가 날고 있다.

꽃과 별을 사랑하는 선생님 _ 한정배 소설가

십여 년 전 선생님 제자들의 모임인 '문학비단길 카페'를 운영한 적이 있다. 종종 회원들이 읽을 수 있게 글을 보내주셨다. 그 중 매년 새해가 되면 처음 꽃을 피운 복수초(얼음새꽃) 사진으로 봄소식을 알려왔다. 선생님은 언젠가 소설가가 되지 않았다면 식물학자가 되었을 것이라 할 정도로 꽃을 사랑하셨다. 꽃 한 송이에서 우주를 볼 수 있다는 말씀을 덧붙이면서, 어디 꽃 한 송이일 뿐일까. 돌멩이 하나 등, 모든 만물은 저마다 하나의 우주를 이루고 있다. 선생님은 또한 별을 사랑하셔서 별에 대한 글도 많이 쓰셨다. 내 나름 생각하기에 꽃의 세계는 소설을, 별의 세계는 시를 통해 사랑을 표현하지 않았나 싶다. 선생님의 삶이 소설과 시인 동시에 꽃과 별에 대한 사랑으로 채워져 있음에 틀림없다.

엉겅퀴는 선생님 _ 허택 소설가

수많은 꽃 중에 왜 하필 엉겅퀴꽃일까? 의문은 선생님을 처음 뵐 때부터 함께 있었다. 하지만 세월 따라 수백 점의 엉겅퀴가 선생님 속에서 수많은 표정을 지으며 태어났다. 점점 신기해졌다. 선생님 손에서 엉겅퀴가 태어날 때마다 엉겅퀴는 더욱 선명하고 뚜렷하게 선생님을 닮아갔다. 엉겅퀴 그림 속에서 선생님이 보이기 시작했다. 엉겅퀴 그림 속에서 선생님의 명작들을 읽을 수 있었다. 수많은 표정의 엉겅퀴는 선생님이었다. 의문은 사랑과 존경으로 변했다. 나도 점점 엉겅퀴에 빠졌고, 사랑하게 됐다. 엉겅퀴를 점점 닮고 싶어졌다. 선생님의 일생은 엉겅퀴의 수많은 나날이었다. ✼